auf Feb.

9,95

Yvonne Wagner

Kampfgeist!

Druck: Anrop Ltd.
ISBN 978-3-88069-403-3
www.mellingerverlag.de

Yvonne Wagner

Kampfgeist!

– Judo macht stark –

Für:
Ben, Steve und Werner

1. Kapitel

Es war der erste Schultag nach den Sommerferien und es war ein guter Tag für William. Er hatte den Sprung in die siebte Klasse mit einem ordentlichen Zeugnis geschafft. Die einzigen Vieren, die er sich in Mathe und Physik geleistet hatte, wollte er im neuen Schuljahr wenigstens in eine drei Minus verwandeln und er war frohen Mutes, dies auch zu schaffen. Als er an diesem Morgen aus dem Haus ging und fröhlich die Straße entlang zu seinem Freund Thomas schlenderte, überlegte er, wie zufrieden er mit sich sein konnte. Auf der weiterführenden Schule hatte er sich gut eingelebt und in der Klasse hatte sich eine tolle Gemeinschaft entwickelt. Außerdem gehörte er zu den beliebtesten Schülern seiner Klasse, was ihn ein klein wenig mit Stolz erfüllte – je mehr er darüber nachdachte.
„Hey Willy!“, rief ihm plötzlich eine wohl bekannte Stimme zu. Es war Thomas, genannt Thommi, der ihm vom Küchenfenster seines Elternhauses zuwinkte.

Willy hatte kaum Zeit zu antworten, allerdings hatte er noch Gelegenheit sich zu wundern. Denn normalerweise sieht man morgens die ganze Familie Schwert in der Küche herumwuseln. Aber diesmal saß nur noch Thommis Mutter am Tisch. Nicht ´mal Michael, sein kleiner sechs Jahre alter Bruder, war in Sicht. Thomas hatte sich schon auf den Weg nach draußen gemacht, um seinen Freund zu begrüßen.

„Mensch Willy, alter Kumpel, ist das gut dich zu sehen“, freute sich Thommi und umarmte Willy dabei herzlich.

Mit demselben Überschwang erwiderte Willy die Begrüßung, bemerkte aber zugleich, dass sein Freund den ersten Schultag nicht mit derselben Zuversicht begann wie er es tat. „Mayo, was ist denn los mit dir?“, fragte er besorgt. Nur Willy nannte Thommi in ganz besonderen Momenten – so wie dieser einer war – bei seinem geheimen Spitznamen Mayo. Anlehnend an Mayonnaise, die in etwa der Hautfarbe von Thomas glich. Er war eben ein sehr hellhäutiger Typ. Thommi war zwar noch gefasst, aber seine feuchten dunkelblauen Augen verrieten sehr schnell, dass er mit den Tränen kämpfte. „Das waren die schlimmsten Ferien meines Lebens“, gestand er seinem besten Freund, während sie ihren Schulweg fortsetzten.

„Mein Großvater ist gestorben“, erklärte er mit leiser Stimme.

„Oh Mayo, das ist hart“, antwortete Willy.

„Ja, aber das ist nicht alles. Er war ja schon lange sehr krank und wir mussten damit rechnen, dass es bald passieren würde. Viel schlimmer ist, dass sich meine Eltern seit dem Unfall nur noch streiten. Wer weiß, wie das endet.“

„Wie, was für ein Unfall?“, fragte Willy entsetzt.

„Na ja, Mama, Michael und ich sind losgefahren. Michi hatte sich nicht richtig angeschnallt. Der Gurt hatte nicht geklickt, verstehst du?“

William nickte vorsichtig und machte sich auf das Schlimmste gefasst. Sofort erinnerte er sich an sein merkwürdiges Gefühl, als er eben die Morgenszene in der Küche registriert hatte.

„Dann fuhren wir los, zu Oma, um nach Opas Tod einfach bei ihr zu sein. Kaum waren wir losgefahren, krachte es auch schon. Es war nicht Mamas Schuld, der andere ist ihr einfach reingefahren, der hat sie nicht gesehen, oder so. Jedenfalls ging Michis Gurt auf und er ist voll auf die andere Seite geschleudert worden. Ich saß vorne und habe nur eine Platzwunde abbekommen. Siehst du, hier."

Thomas zeigte auf eine Narbe über der rechten Stirn. Sie sah übel aus. Gut fünf Zentimeter lang. Auch wenn die Ärzte ihm keine Reißverschlussnaht verpasst hatten, sah die Wunde noch ein bisschen wüst aus. Es war zwar nur ein gerader Strich, dennoch war die Naht nicht sehr schmal, knapp einen halben Zentimeter breit. Vor allem war die Haut noch stark gerötet. Auf Mayos weißer Haut kam sie deshalb besonders zur Geltung.

„Die Ärzte meinen, es würde noch verblassen, ich muss die Wunde jetzt nur gut vor der Sonne schützen.", erklärte er.

„Michael ist viel schlimmer dran. Er hat mehrere Knochenbrüche, eine schwere Gehirnerschütterung und im Schädel hat man einen Knochenriss entdeckt, jetzt liegt er noch im Krankenhaus und keiner weiß, ob er je wieder gesund wird."

Willy schnürte es, angesichts dieser Nachrichten, die Kehle zu. „Das Makabere an der Sache ist, er hat noch Glück gehabt. Wenn der kleine Dickkopf nicht unbedingt seinen Fahrradhelm hätte auflassen wollen und die aufgeblasene Luftmatratze mit ins Auto geschleppt hätte, um sich damit in Omas Garten zu legen, wäre er jetzt wohl tot."

Und mit diesen Worten überschritten sie die Schwelle ihres Klassenraumes und eigentlich war William froh darüber, endlich in der Schule angekommen zu sein, denn diese Nachrichten waren nun doch etwas zu viel für ihn. Er setzte sich auf seinen Platz und diesmal genoss er es ganz besonders, alleine an seinem Tisch zu sitzen.

Wenngleich Willy ein umgänglicher Typ war, es war nicht so einfach, ihn als Tischnachbarn zu erdulden. Er war Linkshänder, machte sich am Tisch meist etwas zu breit und brauchte im Unterricht irgendwie immer seine Ruhe. Nicht dass er ein Streber wäre, dann wäre er sicher nicht so beliebt in der Klasse gewesen. Nein, es war eher so, dass er diese Arbeitsweise für sich in Anspruch nahm und es außerdem niemanden gab, der ihn herausforderte sich einfach an etwas Anderes zu gewöhnen. Zudem war er der einzige Linkshänder in der 7b und ansonsten stellte niemand Ansprüche auf einen besonderen Platz. Aber das sollte sich an diesem Tag ändern. „Guten Morgen allerseits", sagte Frau Lamm, als sie die Klasse betrat. Und ganz so, wie es ihre Art war, fackelte sie nicht lange. Sie wartete nicht einmal ab, bis ihre Begrüßung erwidert wurde, „wir bekommen Zuwachs."

Dabei strich Sie sich bedeutungsvoll über den leicht gewölbten Bauch. *Was sollte das wieder heißen, war sie etwa schwanger? Nein, das konnte doch nicht wahr sein. Sie ging bestimmt schon auf die fünfzig zu. Auch wenn sie sich verdammt gut gehalten hatte, wer kann in diesem Alter noch ein Baby verkraften*, dachte sich William. Und auch den anderen blieb das „guten Morgen" im Halse stecken und wandelte sich in unsicheres Gemurmel. „Nein", erzählte sie lachend, „keine Sorge ich gehe nicht in den Mutterschutz, ich bleibe euch noch lange erhalten. Unsere Klasse bekommt einen neuen Schüler. Sein Name ist Melvin, er wird im Laufe des Vormittags zu uns stoßen."

In der Pause konnte man schon vermuten, wer der „Neue" wohl sein musste. Vor dem Fenster der Direktorin lehnte er sich gelangweilt an das Geländer des Schulhofgartens. Die Hände in den Hosentaschen, den Kaugummi andauernd von der einen zur anderen Wangenseite schiebend und die Schultern lässig herabhängend, wartete er scheinbar auf seinen Einsatz. Melvin war ein großer, hagerer Typ, mit ganz kurz geschorenen Haaren und einem kleinen über dem Nacken einrasierten „M". Bei den kurzen Haaren konnte man die Haarfarbe kaum identifizieren. Jedenfalls würde er künftig der größte Junge in Willys Klasse sein. Und Willy der Zweitgrößte.

„Wie läuft der denn ´rum", lästerte Thommi abschätzig über den baldigen Klassenkameraden, „guck' dir mal die krumme Nase an. So wie die aussieht, hat er schon öfter mal eine drauf gekriegt."

„Melvin?! Du kannst jetzt hereinkommen", rief Frau Mauer, die Direktorin, aus dem Fenster. Melvin drehte sich auf ziemlich coole Art und Weise herum und nickte nur kurz. Gleichzeitig ertönte das Zeichen für die nächste Unterrichtsstunde. Frau Mauer kam gleich zur Sache und stellte Melvin ein Ultimatum. „Melvin, du bist an unserer Schule, weil ein geschätzter Kollege von mir mich gebeten hat, dir eine letzte Chance zu geben. Er hat mir versichert, dass deine Voraussetzungen für unsere Schule nur auf den ersten Blick nicht optimal sind. Er vertraut auf die Fähigkeiten unserer Lehrkräfte und auf deine verkannten Qualitäten", erklärte die Direktorin ernsthaft und schaute ihn mit einem besonders strengen Blick an.

Melvin ließ das alles recht kalt, solche Worte hatte er schon oft gehört. Alle meinten, dass er so viel mehr schaffen könnte, als er tatsächlich zeigen würde. Das mochte schon sein, aber er war nun mal nicht so sehr fürs Lernen zu begeistern. Zum Glück flogen ihm die meisten Dinge zu, womit er immer wieder seine alten Lehrer überrascht hatte – und manchmal sogar sich selbst. Ganz abgesehen davon wusste er eigentlich gar nicht, was diese Leute alle von ihm erwarteten. Schließlich wollte er dem „Geschwätz", wie er es nennen würde, schnell entgehen.

Also sagte er im richtigen Moment und mit ausgewählten Worten: „Ich würde jetzt gerne meine neue Klasse kennenlernen."

„Na gut", entgegnete Frau Mauer, „aber der Kaugummi muss raus." Melvin nickte, schaute sich um und spuckte den Kaugummi geradewegs in den Mülleimer. Leider hatte der Behälter keine Mülltüte, und als Melvin die Direktorin ansah, die ihm bereits vorwurfsvoll ein Tuch hinhielt, damit er den Kaugummi dort hineinwickeln könne, zuckte er nur mit den Achseln und sagte: „Wenn´s sein muss." Melvin nahm den Kaugummi auf, wickelte ihn in das Tuch und steckte seinen Müll nun einfach ein. Frau Mauer ahnte, dass mit ihrem neuen Schüler ein hartes Stück Arbeit auf ihre Kollegen zukommen würde. Schließlich ließ sie ihn gehen, und so geschah es, dass es endlich an der Tür der Klasse 7b klopfte und Melvin eintrat.

Seine Größe, er war mit seinen vierzehn Jahren gut ein Meter achtzig groß, imponierte vor allem den Mädchen. Thommi und Willy schauten sich direkt an und verdrehten gleichzeitig die Augen und lümmelten sich gelangweilt auf ihren Stühlen herum, wohl wissend, dass Frau Lamm sie gerade nicht beachtete.

„Ah, da ist ja unser Zuwachs, hallo! Kinder, das ist Melvin und ich habe für dich auch einen tollen Platz. Hier, direkt neben William.

„Waaas?!", fragte Willy ungläubig und riss dabei die Augen auf, wie er es nur abends tat, wenn es darum ging, seine Lieblingssendung im Fernsehen anzuschauen. Aber wo sollte sich Melvin sonst hinsetzen, es war kein anderer Platz frei. Willy erkannte es und somit war klar, dass jeder Widerspruch zwecklos gewesen wäre. Nein, das hatte ihm jetzt endgültig den Tag versaut. Nach der Sache mit Thommis Bruder musste er nun noch sein geliebtes Einsiedlerdasein an seinem Tisch aufgeben.

2. Kapitel

Melvin fläzte sich genüsslich auf seinen Stuhl und wurde sofort in die Schranken gewiesen: „Melvin", erklärte Frau Lamm in strengem Ton, „wer zu unserer Klasse gehört, setzt sich ordentlich hin. Wenn du das nicht beherzigst, darfst du gerne an deinem Platz stehen."

Völlig überrascht von der messerscharfen Anweisung seiner Lehrerin, setzte er sich sofort aufrecht hin. Er war es nicht gewohnt, dass man so mit ihm redete. Seine Mutter jammerte ihm immer irgendwelches Zeug vor, sein Vater schrie ihn regelmäßig an und die meisten seiner bisherigen Lehrer redeten schon gar nicht mehr mit ihm. Frau Lamm sprach eben in einem Ton zu ihm, der ihn den Kopf gekostet hätte, wenn ihm nicht Worte, sondern Ninja-Schwerter um die Ohren geflogen wären. Klare Anweisungen war er also schon lange nicht mehr gewohnt. Selbst Herr Stein, sein Mathelehrer und einziger Unterstützer in der alten Schule, traf nicht immer den passenden Ton bei Melvin. Da war es eher die Sympathie, die Melvin für Steins Person hatte, weshalb er sich schulisch ins Zeug legte.

Seinen Eltern war er nicht nur wegen der Körpergröße über den Kopf gewachsen. Sein Zuhause bot ihm ein Dach über dem Kopf und feste Mahlzeiten – bei Bedarf. Melvin hatte keine Geschwister und so etwas wie Liebe und Fürsorge gab es höchstens in seiner Erinnerung. Aber in den vergangenen Jahren empfing er immer weniger davon. Seine Eltern und er hatten sich irgendwie auseinandergelebt. Eigentlich sagt man so etwas nur bei Erwachsenen, die schon lange nicht mehr zu Hause wohnen und die sich nicht so oft sehen. Trotzdem traf es bei Melvin und seinen Eltern zu. Es war ein Wunder, dass seine schulischen Leistungen noch akzeptabel waren, seine Umgangsformen waren es nicht.

Das war auch der Grund, weshalb er überall aneckte. Die neue Schule war seine letzte Chance, sollte er dem Weg zum Abitur tatsächlich gewachsen sein. Hier ging es viel strenger zu, als auf den meisten Schulen. Deshalb hatte sich Melvins Mathematiklehrer dafür eingesetzt, ihm hier noch einmal eine Chance zu geben. Er war es, der Melvin in den vergangenen zwei Jahren immer wieder unterstützt hatte, wenn er mal wieder Probleme mit anderen hatte. Ohne ihn wäre Melvin längst kriminell geworden.

Einmal hatte man ihn schon beim Stehlen erwischt. Es waren Szenen wie im Film: Melvin war in diesem Elektrogeschäft, in der Handyabteilung. Es war ziemlich voll an diesem Samstagmorgen. Er war interessiert an dem Handy mit der besten Bildauflösung für die Fotokamera. Er blickte sich um und checkte, ob Überwachungskameras zu sehen waren. Aber das schien nicht der Fall zu sein. Er plante genau, wie er vorgehen wollte. Melvin testete einige Geräte, schaute sich Beschreibungen an, fragte das Personal, überlegte ob er „es" tatsächlich tun sollte und verließ zunächst das Geschäft wieder. Er hatte sich ein Bild darüber gemacht, welches Handy das Richtige für ihn sei. Er merkte sich, welche Angestellten er an diesem Tag gesehen hatte und wer ihn beraten hat.

Immer, wenn er auf dem Heimweg war, ging er dort vorbei, warf einen Blick in die Abteilung, und vier Tage nach seinem ersten Besuch schien die Luft rein zu sein. Es war soweit. Keiner der Angestellten, die ihn am ersten Tag beraten hatten, war zu sehen. Er ging gezielt auf das Handy seiner Wahl zu, packte es und ließ es unter seiner weiten Jacke verschwinden. Er zögerte kurz, auf seinem Weg nach draußen, um einen Moment abzupassen, in dem möglichst viele Leute gleichzeitig durch die Eingangstür gingen. Er hoffte, man könnte dann nicht so leicht ausmachen, welcher der Passanten den Alarmton auslöste. Kaum hatte er die Lichtschranke passiert, läutete die Alarmglocke. Er ließ sich nicht beirren und ging locker weiter.

Das Herz klopfte ihm bis zum Hals. Er hatte das Gefühl, das Blut würde seinen Kopf sprengen und gleich oben herausspritzen. Aber äußerlich war ihm kaum etwas anzumerken. Und er kam durch. Er verschwand in der Menge, das Handy in der Tasche.

Das böse Erwachen kam erst eine Woche später. Nachdem man die Videobänder der Überwachungskamera analysiert hatte und sich alle Verkäufer des Ladens die Aufzeichnung von Melvins Diebstahl angeschaut hatten, erkannte ihn einer wieder. „Der geht ganz oft an unserem Laden vorbei, auf den brauchen wir nur zu warten.“

Es waren Melvins kurzgeschorene Haare, die ihn verraten hatten, vor allem sein am Hinterkopf einrasiertes „M“. Auch seine Körpergröße, das Merkmal, das ihm so oft viele Vorteile verschaffte, wurde ihm nun zum Verhängnis. Es war ein Leichtes, ihn wiederzuerkennen. So geschah es, dass Melvin in der Woche nach seinem Diebstahl geschnappt wurde. Wie so oft in den Tagen vor seiner Tat, traute er sich erstmals erneut nach der Schule dort vorbeizugehen. Er fühlte sich so sicher. Mit einem Grinsen im Gesicht und dem Telefon in der Tasche lief er ganz locker an dem Laden vorbei. Plötzlich packte ihn von hinten eine Hand an der Schulter und eine am Arm, der ihm sofort auf den Rücken gedreht wurde.

„Aaah! Hilfe! Was soll das? Au, mein Arm, loslassen!“, schrie Melvin.

„So Freundchen jetzt haben wir dich, komm mal schön mit und das Handy rückst du ganz schnell wieder heraus!“, sagte einer der Warenhausdetektive. *So ein Mist*, dachte Melvin, er war sich so sicher gewesen. Nachdem klar war, dass alles Leugnen zwecklos war, zückte er das Handy und gestand seinen Diebstahl. Da er zum damaligen Zeitpunkt noch nicht straffähig war, blieb es für ihn bei einer Verwarnung, einem gehörigen Schreck und einer Tracht Prügel von seinem Vater, wie er sie sich eigentlich nicht erwartet hatte. Denn letztlich ging er davon aus, dass es seinen Eltern gleichgültig sei, wenn sie etwas von seinem Verbrechen erfahren würden.

Aber sie schienen sehr erschrocken zu sein, als sie ihn später von der Polizeidienststelle abholten. Zu Hause legte sein Vater dann so richtig los, er schimpfte und wütete, weshalb Melvin so etwas getan habe. Er steigerte sich so in seine Wut hinein, dass er plötzlich auf Melvin einschlug. Der versuchte sich zu schützen, doch die ersten Schläge auf Rücken und Schulter trafen ihn hart. Melvin flüchtete in sein Zimmer, das er schnell hinter sich abschloss. Melvins Mutter versuchte weinend ihren Mann zu beruhigen, der schließlich selbst bald schluchzend wie ein Häufchen Elend auf dem Küchenstuhl saß und seine Frau fragte, wie das alles nur passieren konnte.

Melvin fühlte sich im Gegensatz zu seinen Eltern und abgesehen von seinen Rückenschmerzen merkwürdigerweise besser. Er war doch froh, dass die Sache ausgestanden war. Obwohl er einerseits mit seinem gelungenen Diebstahl sehr zufrieden war, plagte ihn tief in seinem Inneren dennoch das schlechte Gewissen. Die Reaktion seiner Eltern hatte ihn sehr überrascht. Er dachte eigentlich, ihnen sei es völlig schnuppe, was er so anstelle und hätte nie damit gerechnet, dass er sie durch sein Tun in eine solche Verzweiflung stürzen könnte. Es kam ihm schon ein bisschen komisch vor, so etwas wie Freude über die Prügel seines Vaters zu empfinden, andererseits hatten seine Eltern zum ersten Mal seit langem wieder an seinem Leben teilgenommen.

Als Melvin seinem Mathelehrer sein Erlebnis anvertraute, erklärte der sich bereit ihm zu helfen. Eine ganze Woche herrschte Funkstille im Hause Mantino. Und auch wenn man sich vor dem Diebstahl nicht viel zu sagen hatte, danach gab es gar nichts mehr zu reden. Ein Zustand, der für die gesamte Familie sehr belastend war. Melvin hatte aus dieser Sache jedenfalls für sich gelernt, dass er doch nicht ganz so hart im Nehmen war, wie er immer tat. Obwohl er schließlich schon selbst an seine Härte geglaubt hatte. In Wirklichkeit hatte ihm dieser Vorfall gezeigt, dass er seinen Eltern nicht völlig gleichgültig war und dass es ihm auch nicht egal war, was sie von ihm hielten.

Für Melvin war dies eine wichtige Einsicht, deren positiven Auswirkungen jedoch nur für eine geraume Zeit anhielten. Zwar wollte er keinesfalls wieder Stehlen oder ähnliche kriminelle Taten begehen, aber die Versuchung, sich ansonsten von jeglichen Vorgaben loszusagen, war einfach zu groß. Das war schließlich auch der Grund für seinen Schulwechsel. Und da Herr Stein nicht nur der Mathelehrer war, sondern auch stellvertretender Schulleiter und dazu noch der Einzige, der aus der Lehrerschaft überhaupt noch auf Melvin zuging, musste er ihm die schlechte Nachricht übermitteln.

An den wenigen guten Tagen blieb Melvin aus Lehrersicht „normal" und beteiligte sich sogar am Unterricht. Weshalb das so war, konnte oder wollte sich an dieser Schule niemand erklären. Nur Herr Stein, der Mathelehrer, der bekannt war für einen sehr ausgefallenen und anspruchsvollen Unterricht, kam gut mit Melvin zurecht und kitzelte die besten Fähigkeiten aus diesem schwierigen Schüler hervor. Trotz aller zwischenmenschlicher Probleme und seiner Abneigung gegen das, wie er es nannte, „stumpfsinnige Lernen" waren seine Noten noch gut genug, um sich auf dem Gymnasium zu halten. Aber all das half ihm jetzt nichts mehr.

„Du weißt, dass du bereits nach dem Diebstahl nur knapp dem Schulverweis entgangen bist. Aber deine ewigen Provokationen und Respektlosigkeiten halten die Kollegen nicht mehr für tragbar, Melvin. Auch wenn ich immer noch ein gutes Wort für dich hatte und ich dich für sehr begabt halte, du hast an dieser Schule keine Zukunft mehr", sagte ihm Herr Stein sichtlich enttäuscht darüber, dass sein ganzes gutes Zureden und die Unterstützung in der vergangenen Zeit bei Melvin nicht gefruchtet hatten.

„Was? Nein, bitte nicht ... wenn ich gewusst hätte ... Herr Stein, die Schule ist – trotz allem – meine Familie, nehmen sie mir das nicht ...", erklärte Melvin bestürzt. „Warum hat mir das nie vorher jemand gesagt ...?"

Herr Stein war fassungslos angesichts dieser Worte eines damals 13-jährigen. Es war ihm wohl klar, dass die Schule für Melvin ein wichtiger Teil seines Lebens war. Auch wenn er so tat, als würde er dort nicht hingehören, so gab sie ihm doch einen geregelten Tagesablauf. Aber dass Melvin seine Worte so aus der Fassung brachten, kam auch für ihn überraschend.

„Jetzt mach mal langsam“, wiegelte Herr Stein ab, „ich habe bereits Kontakt zu einer integrierten Gesamtschule aufgenommen. Ich bin sicher, an dieser Schule wird endlich dein Ehrgeiz geweckt, Melvin“, erklärte Herr Stein hoffnungsvoll.

Sämtliche Fachlehrer des Mariengymnasiums bissen sich an Melvin die Zähne aus. Herr Stein war der Auffassung, er benötige nur eine strenge Hand und einen interessanten, abwechslungsreichen Unterricht, der Melvins besondere Begabungen vor allem in den naturwissenschaftlichen Fächern zur Geltung bringe. Das sei die Chance, die sich auf der Heinrich-von-Kleist-Schule für ihn bieten würde. Es war seine Chance auf ein geordnetes Leben. Und so landete er in Willys Klasse. Jetzt jedenfalls saß der „Neue“, wie ihn Willy und Thommi derzeit noch nannten, neben William und allein das strapazierte dessen Nerven. Am Ende des ersten Schultages schwante es Willy bereits, dass die kommenden Wochen kein Zuckerschlecken werden würden, und deshalb freute er sich jetzt doch schon auf die Herbstferien.

3. Kapitel

Thomas klingelte Sturm, es war schon kurz vor vier Uhr, und wenn sie beide pünktlich zum Training kommen wollten, musste sich William endlich beeilen. Aber leider war es immer dasselbe mit Willy. Seine Judotasche packte er in letzter Minute, weil ja eigentlich alles ganz leicht einzupacken war: Ein Griff in den Schrank für das Handtuch, das Duschzeug hatte er ohnehin immer in seiner Tasche, der Judoanzug lag noch in der Waschküche. Ach ja, jetzt noch schnell die Badeschuhe, wo waren die nur?

„Willy! Was ist los, Thommi wartet! Ich habe dir schon hundertmal gesagt, du sollst deine Tasche rechtzeitig packen", rief ihm seine Mutter zu.

„Ja, ja", brummte Willy nur, als er seiner jüngeren Schwester Emma den braunen Judogürtel entriss, mit dem sie immer Seilspringen übte und endlich den einen Schuh hinter der Toilettenschüssel fand.

„Emma, wo hast du den anderen Schuh hin?", schrie er sie wütend und fast mit Tränen in den Augen an. Wenn sie ihn nicht rausrückte, brauchte er gar nicht erst ins Training zu gehen. Sein Trainer ließ niemanden auf die Matte, der es wagte, sich mit bloßen Füßen außerhalb der Judomatte zu bewegen, und Straßenschuhe waren in der Halle nicht erlaubt.

„Na gut, dann geh eben zu deinem geliebten Judo. Er ist im Kamin", sagte sie, warf ihre langen dunklen Haare zurück und hob beleidigt ihre spitze kleine Nase in die Höhe, wie es eben Mädchen manchmal so tun. „Emma!", rief ihre Mutter, die alles mit angehört hatte. „Keine Sorge Mama, ich hätte den Schuh schon rechtzeitig vor dem nächsten Kälteeinbruch herausgeholt. Ich bin ja nicht doof!"

Den letzten Satz bezweifelte William ernsthaft. Sie brachte ihn so oft zur Weißglut, weil sie immer nur an sich dachte. Am liebsten würde sie ihren Bruder ans Bett fesseln und ihn dort für immer zum Spielen mit ihr verdammen. Es war echt nervig. Andererseits gab es auch Tage, an denen er seine um vier Jahre jüngere Schwester wirklich gern hatte und an denen sie ein toller Kumpel war. Alles in allem betrachtete er sie als eine Art Herausforderung, sich zu beherrschen. Schließlich gehörte das zu den wichtigen Eigenschaften eines Judoka[1], die er bis zur Perfektion verinnerlichen wollte.

Kopfschüttelnd raste Willy die Treppe hinunter zu Thommi, der etwas genervt auf seinen Freund wartete. Gemeinsam eilten Sie die Straße hi-

Selbstbeherrschung

1 Judosportler/in

nunter, während Thomas noch ein bisschen weiter auf William herumhackte.

„Weißt du, ich habe wirklich keine Lust, jedes Mal zu spät zum Schwimmtraining zu kommen, nur weil du deine Sachen nicht findest." Thommi und Willy hatten zwar fast denselben Weg, übten aber unterschiedliche Sportarten aus. Wenn sie auch sonst die meisten Dinge gemeinsam unternahmen, beim Sport teilten sie ausschließlich den Weg zum Dojo[2] und zur Schwimmhalle, die nebeneinander lagen.

Plötzlich vernahmen sie hinter sich schlurfende Schritte. An sich nichts Ungewöhnliches, schließlich waren sie nicht die Einzigen, die nachmittags in Köln auf der Straße unterwegs waren. Aber irgendetwas kam ihnen gleichzeitig bekannt und komisch vor, als sich die Ungewissheit schon von selbst auflöste.

„Na, wen haben wir denn da? Die beiden Unzertrennlichen. Wo gehen die Süßen denn gerade hin und was zickt Thomas denn rum wie ein beleidigtes Huhn?" Es war Melvin, der anscheinend auf Streit aus war. Die Hände in den Taschen der viel zu weiten Hose, schlurfte er gelangweilt auf sie zu und musterte sie arrogant von oben bis unten. „Ihr habt es wohl eilig, wo geht´s denn hin?", fragte er scheinbar interessiert.

„Lass uns in Ruhe, wir wollen zum Training, wir haben keine Zeit für Blödsinn", erwiderte Willy gelassen und packte seinen Kumpel am Arm, um ihn mitzuzie-

2 Judohalle

hen. Er hatte bereits eine Ahnung, wie diese Begegnung ausgehen würde, wenn er und Thommi sich hier von Melvin provozieren ließen. Und er wusste, wie schwer es war, Thommi zurückzuhalten, wenn man ihn erst einmal an seinem wunden Punkt traf.

„Haut doch nicht gleich ab, ich will doch nur ein Schwätzchen mit euch halten“, erwiderte Melvin.

„Mit Assis halten wir keine Schwätzchen, verzieh dich“, sagte Thomas und hatte damit Melvins Schwachstelle getroffen.

Deshalb konterte er zielgerichtet: „Gib nicht so an, du Weißwurst. Vor den weißen Kacheln im Schwimmbad denkt man, deine Badehose ist alleine unterwegs, weil sich deine Haut nicht von den Fliesen abhebt.“

So ein Mist, dachte Willy, *ich hab´s gewusst*. Thommi blieb plötzlich stehen, und von seiner Blässe war nicht einmal mehr etwas zu ahnen. Die Zornesröte stieg in sein Gesicht und seine Fäuste ballten sich vor Wut. „Na komm schon“, rief Melvin, „lass deiner Wut freien Lauf!“

„Lass ihn“, ermahnte William seinen Freund, „der hat´s nicht verdient, dass wir uns mit ihm abgeben. Komm, wir wollen nicht zu spät kommen. Ich darf beim Judo dann außerdem nicht mehr mitmachen, wenn ich mich wegen so einem Unsinn verspäte.“

„Judo? Was ist das denn für eine Loser-Sportart? Damit haut man doch niemanden um. Ich hab Kickboxen gemacht, das ist wenigstens cool und nichts für Weicheier. Da hau ich jedem, der´s verdient, eins auf die Nase, und dann ist Ruhe angesagt. Das geht ganz schnell", gab Melvin an.

„Ach ja? Wie schön für dich", langsam stieg auch Willys Ärger, dennoch wollte er sich um keinen Preis auf eine Prügelei einlassen. Aber Melvin ließ nicht locker.

„Was hast du da eigentlich für ´ne Narbe an der Stirn, Bleichgesicht? Bist wohl gegen ´ne Glastür gerannt, oder was?" Das war zu viel und schon war eine handfeste Keilerei zwischen Thommi und Melvin im Gange.

Es war klar, dass Thomas den Kürzeren ziehen würde. Jetzt musste William eingreifen und seinem Freund helfen. Er wusste, wenn er es geschickt anstellen würde, wäre die Sache schnell erledigt, und vielleicht könnten sie es doch noch zum Training schaffen. Er schubste Melvin heftig zur Seite, sodass sich Thomas aus dessen Umklammerung befreien konnte. Beide stürzten zu Boden.

Melvin sprang sofort wieder auf und versetze Thommi noch einen Schlag an die Lippe, die sofort aufsprang und wie verrückt blutete. Jetzt sah Willy keine andere Möglichkeit mehr, um mit dieser sinnlosen Auseinandersetzung Schluss zu machen. Während Melvin vor Wut schnaubte und so aussah, als

Freundschaft

ob er gleich auf Willy zu rasen wollte, blieb dieser besonnen stehen und wartete auf die erste Attacke seines Gegenübers. Der lief plötzlich los, hob die Fäuste, fuchtelte irgendwie damit herum, als er dann unerwartet schnell das rechte Bein anhob und damit zu einem Kick gegen Willys Schulter ansetzte.

Aber Willys Reflexe waren hervorragend, und so packte er blitzschnell das Bein von Melvin, schnappte dessen linken T-Shirtkragen und ging gleichzeitig auf Tuchfühlung mit Melvin. Er schlang sein rechtes Bein von innen hinter Melvins linkes Standbein und fegte es weg. Auf einmal lag Melvin quer in der Luft und Millisekunden später rang er auf dem Rücken liegend nach Sauerstoff. Glücklicherweise kam er auf einem Rasenstück auf, sodass sein Aufprall wenigstens ein klein bisschen abgepolstert wurde. Melvin starrte William ungläubig an.

„Reicht das jetzt, oder soll ich dir mit meiner Loser-Sportart noch zeigen, wie man jemanden am Boden festhält, bis er verhungert?“

Melvin brachte kaum ein Wort heraus, so überwältigt und schockiert war er von dem gerade Erlebten.

William ließ ihn los und fragte sicherheitshalber: „Alles okay? Hast du dich verletzt?“

„Nein“, stammelte Melvin, „es geht gleich wieder“, langsam rappelte er sich auf, während sich William Thomas zuwandte, um ihm aufzuhelfen. Dessen Lippe blutete inzwischen kaum noch, war aber ziemlich geschwollen. „Na ja, beim Schwimmen wird deine Wunde gekühlt. Können wir dann jetzt endlich ins Training gehen?", fragte William seinen Freund auffordernd.

„Wenn du soweit fertig bist?", erwiderte Thommi.

„Ja, ich glaube die Verhältnisse sind hier ein für allemal geklärt." Dann packten sie ihre Taschen und ließen Melvin einfach stehen. Beide schafften es gerade noch, pünktlich zu Trainingsbeginn um 16.30 Uhr im Wasser zu sein oder auf der Judomatte zu stehen.

4. Kapitel

Als die Aufwärmzeit beendet war und Willy gerade mit dem Einstudieren einer neuen Wurftechnik beginnen wollte, öffnete sich die Tür zum Dojo. William traute seinen Augen kaum, aber es gab keinen Grund an der Wirklichkeit und an seiner Sehfähigkeit zu zweifeln. In der Tür stand Melvin. Er hatte sich nach seinem Erlebnis mit Willy mühsam wieder aufgerappelt und noch einige Zeit gebraucht, um sich von seinem Schreck zu erholen. Zeit, die er offenbar zum Grübeln nutzte, denn so, wie Willy ihn kurzer Hand besiegt hatte, das hatte er noch nie erlebt. Überhaupt stieß er ja nur selten auf Widerstand und schon gar nicht auf so kämpferischen. Mit Willys Auftreten hatte er wohl seinen ersten ebenbürtigen, nein, vielleicht sogar überlegenen Gegner erlebt. Melvin war zwar einerseits wütend, dass dieser Knilch, der erstens kleiner und zweitens jünger war als er, ihm dermaßen eines auf die Mütze gegeben hatte. Auf der anderen Seite war er äußerst fasziniert, wie ein Judoka einem schlagenden und tretenden Angreifer überlegen sein konnte. Sein Kampfsport Kickboxen verlieh ihm bislang eine Aura des Unbesiegbaren – so meinte er zumindest und deshalb trat er anderen gegenüber entsprechend selbstbewusst auf. Jetzt war Melvin doch etwas geknickt. Dennoch war seine Neugier größer als sein verwundetes Ehrgefühl und er kam nicht umhin, Thomas und William zu folgen.

An der Judohalle angelangt, blickte er von außen durch das Fenster. Er sah, wie William und seine Trainingskameraden das Begrüßungsritual absolvierten. Jeder hatte einen weißen Judoanzug an, der von allen auf die gleiche Weise getragen wurde und mit einem farbigen Judogürtel gleichmäßig gebunden war. Alle standen in einer Reihe, bevor sie sich gemeinsam hinknieten und sich nach einem kurzen Moment der Stille auf ein Kommando hin verbeugten.

Höflichkeit

Durch den Fensterspalt hörte Melvin, wie der Trainer mit kurzen Anweisungen die Gruppe leitete, und das Aufwärmtraining begann. *Bescheuert*, dachte Melvin zunächst, *wie beim Militär*. Trotzdem war sein Interesse an Williams Fähigkeiten sich zu verteidigen so groß, dass er es sich nicht verkneifen konnte, nach einiger Zeit die Halle zu betreten. Dort hatte sich inzwischen jeder einen Partner genommen, mit dem er bestimmte Techniken übte. Es war recht leise in der Halle, sodass jeder Melvins Eintreten bemerkte, denn die Hallentür quietschte beim Öffnen. Also schauten die meisten Judoka zu Melvin hinüber. Als sich Melvins und Williams Blicke trafen, musste man kein besonderes Einfühlungsvermögen besitzen, um die Spannung zwischen den beiden Jungen zu fühlen. „Wer ist das?“, fragte Daniel, seinen besten Schüler.

„Einer, mit dem ich absolut nichts zu tun haben will“, erwiderte Willy und wendete sich wieder seinem Partner zu, um an seiner neuen Wurftechnik zu feilen.

Damit konnte Daniel – Willys Trainer – natürlich nichts anfangen und ging deshalb auf Melvin zu. „Hallo, kann ich dir helfen? Interessierst du dich für Judo?“, fragte er Melvin ganz unbefangen.

„Na ja, ich hab mal einen gesehen, der das anscheinend ziemlich gut kann. Das fand ich schon sehr beeindruckend“, erklärte Melvin und nickte dabei mit dem Kopf in Richtung Willy.

„Ja, William ist wirklich sehr talentiert. Er hat sich bereits für die deutschen Jugendmeisterschaften qualifiziert. Er hat noch viel vor – und du?“

„Eigentlich finde ich das hier ein bisschen zu militärisch. Warum müssen sich denn alle am Anfang aufstellen und verbeugen und wozu die Kommandos? Kann man hier nicht normal miteinander reden?“, fragte er etwas abschätzig.

Natürlich war William nicht hundertprozentig bei der Sache, mit einem Ohr hörte er genau hin, was dieser Störenfried mit seinem Trainer zu besprechen hatte. *Eine Unverschämtheit war das, sich hier blicken zu lassen nach der Aktion von vorhin, und jetzt beleidigt der Typ auch noch die Rituale meiner Sportart*, dachte Willy. *Was weiß der schon vom „normalen" miteinander Reden.*

Seine aufkeimende Wut ließ er sogleich seinen Partner spüren, den er beim Üben nun mit besonderer Inbrunst auf die Weichmatte warf – natürlich technisch einwandfrei. Gerade schaute Daniel zu William hinüber „prima Willy, genau so muss die Technik kommen!", rief er ihm zu.

„Unser Sport hat nichts mit dem Militär zu tun", erklärte der Trainer. „Wir pflegen einen respektvollen und höflichen Umgang miteinander. Am Anfang begrüßen wir uns und konzentrieren uns auf das bevorstehende Training. Wir beginnen es gemeinsam und beenden es gemeinsam. Die Kommandos erleichtern einfach den Ablauf. Wir

Ernsthaftigkeit

wollen hier nicht reden, sondern trainieren. Wenn es etwas zu besprechen gibt, tun wir das vor oder nach dem Training", erklärte Daniel geduldig.

„Mhm", brachte Melvin hervor und grübelte: *gar nicht so schlecht, wenn man nicht viele Worte machen muss.*

„Wenn du willst kannst du weiter zuschauen, ich muss mich jetzt um meine Schüler kümmern", meinte Daniel und ging gleich zu einem Mädchen, das seine Hilfe benötigte. Die Kinder hatten orange-, grün-, oder blaugefärbte Stoffgürtel an. Es ließ sich erahnen, dass man anhand der Farben auf die jeweilige Graduierung schließen konnte. Wobei die dunkleren Farben scheinbar schon fortgeschrittener waren als die Judoka, die orangefarbene Gurte trugen. William und einer der älteren Jungen, waren die Einzigen, die einen braunen Gürtel hatten.

Im Dojo herrschte eine ruhige und angenehme Atmosphäre. Einige Kinder schienen sehr konzentriert bei der Sache, wie Willy. Andere Kinder tuschelten beim Üben miteinander, machten hin und wieder Quatsch, wenn der Trainer nicht hinschaute. Aber keiner tanzte völlig aus der Reihe oder störte die anderen. Manchmal ertönte ein kurzes lautes Lachen zweier Mädchen, die sich offenbar viel zu erzählen hatten und die Regel mit dem Reden vor oder nach dem Training wahrscheinlich noch nicht verstanden hatten.

Plötzlich klatschte Daniel in die Hände und rief: „Partnerwechsel und dann Randori[3]! …… Hajime[4]!"

Es schienen alle verstanden zu haben, was von ihnen verlangt wurde. Sie verbeugten sich vor ihrem bisherigen Partner, suchten sich einen neuen und verneigten sich abermals. Dann begannen sie miteinander zu kämpfen.

Einige fassten einfach am Kragen und Ärmel des Partners zu und versuchten ihre Würfe anzusetzen. Andere kämpften bereits darum, mit einer besonderen Griffvariante überhaupt durchzukommen. Melvin begriff schnell, dass es durchaus auch Methoden gab zu verhindern, dass der andere den eigenen Anzug ergriff.

Er beobachtete, dass nur derjenige den anderen erfolgreich werfen konnte, der auch einen sicheren und festen Griff anwandte. Ein sicherer Griff schien gleichsam die Kontrolle über den Partner zu bedeuten.

Die ganze Zeit hatte er nur flüchtig und im Augenwinkel zu William herübergeschaut. Schließlich sollte er nicht gleich merken, dass Melvin seinen Kontrahenten interessant fand. Aber langsam konnte er sich nicht mehr beherrschen. Er sah, wie William seinen Partner körperlich und technisch beherrschte, wie er ihn mit den verschiedensten Würfen zu Fall brachte.

3 Übungskampf

4 Kämpft!

Es schien, als spielte er förmlich mit ihm. Dennoch war er nie überheblich, ließ seinem Partner auch Chancen und erklärte ihm, wie er manche Situation besser hätte nutzen können. Von seinen Kampfpartnern gab es nur einen, der William halbwegs gewachsen war. Ein Junge, der bestimmt zwei Jahre älter war, aber dafür deutlich kleiner. Eigentlich warfen sich die beiden fast abwechselnd.

Der Kleine machte sich dabei noch kleiner, als er ohnehin schon war und tauchte immer wieder unter William ab, um ihn zu werfen. Willy revanchierte sich dann mit Techniken, bei denen er seine langen Beine einsetzte. Melvin war fasziniert von Willys Fähigkeiten und hatte große Lust, es auch einmal mit dem Judosport zu versuchen.

Aber wie sollte er das anstellen ohne sein Gesicht zu verlieren. Er konnte nun ja nicht einfach hingehen und zugeben, wie toll er das alles findet. Es passte ihm zwar nicht, dass Judo so stark reglementiert zu sein schien, aber ein Versuch konnte nicht schaden. Außerdem hatte vielleicht nur noch niemand einen Aufstand geprobt. Vielleicht ließe sich da auch einiges ändern. Damit täuschte sich Melvin zwar enorm, aber das würde er ja bald merken.

5. Kapitel

Nach dem Training saß Melvin auf der Treppe vor dem Gebäude, als William die Tür nach draußen aufstieß. In dem Moment, als William ihn erblickte, verdrehte er genervt die Augen. Gerade wollte er fragen, weshalb Melvin so anhänglich sei, als Thomas´ Mutter um die Ecke kam und auf die beiden zu lief. „Willy, du musst alleine nach Hause, ich nehme Thommi schnell mit ins Krankenhaus. Michael muss sich einer Notoperation unterziehen!"

Kaum hatte sie das unter Tränen mitgeteilt, war sie bereits wieder verschwunden. „Oh Gott … viel Glück!", rief ihr William noch zu.

Ganz bleich vor Schreck setzte er sich erst einmal zu Melvin auf die Treppe. Es schien als würde er ihn gar nicht mehr bemerken, Willy war einfach nur geschockt. „Wer ist denn Michael?", fragte Melvin.

„Mayos Bruder", sagte William wie in Trance.

„Wessen Bruder?", erwiderte Melvin.

„Ach so, nein, Thommis Bruder", verbesserte sich William und erklärte: „Er hatte einen schweren Unfall, Thommi war auch dabei. Daher hat er seine Narbe, über die du dich vorhin lustig gemacht hast. Sein Bruder Michael ist dabei schwer verletzt worden."

„Oh", sagte Melvin ehrlich betroffen, „das tut mir leid, das wusste ich nicht."

„Schon gut", beschwichtigte William. Dann gingen

sie schweigend nebeneinander her, bis sie irgendwann vor Williams Haus standen.

In der Zwischenzeit hatte sich Thommis Familie im Krankenhaus eingefunden. Nachdem Michael an sich bereits auf dem Weg der Besserung war, kam es plötzlich zu einer Gehirnblutung. Wieder einmal hatte der Junge Glück im Unglück: Die Blutung trat während der großen Arztvisite auf. Er war also umgeben von Spezialisten, wobei ein Assistenzarzt den verschlechterten Zustand des Patienten bemerkte. Die Ärzte waren gerade zum nächsten Bett gewandert, als Dr. Serra noch einmal einen Blick zu Michael hinüber warf. Er hatte sich in den vergangenen Wochen mit dem Jungen ein bisschen angefreundet und realisierte sofort den merkwürdigen Gesichtsausdruck des Kindes. „Michael, alles klar?", fragte er besorgt.

Michael war bereits nicht mehr ansprechbar. Auch die anderen Ärzte wurden jetzt aufmerksam und handelten sofort.

„Schnell, er ist bewusstlos, prüfen Sie Atmung und Puls! Sauerstoff!" rief der Oberarzt.

Der Professor wies die Schwester an: „Lassen Sie den OP fertig machen, schnell!"

„Verdammt, er hat einen Krampf, nichts wie raus hier mit ihm!", rief der Chefarzt. In Windeseile waren alle Notfallmaßnahmen ergriffen und Michael auf dem Weg in den Operationssaal. Sein Krampf hielt zum Glück nur kurze Zeit an, sodass die Untersuchungen schnell beendet werden konnten: Ein durch den Unfall vorgeschädigtes Gefäß war gerissen. Während der Operation war es möglich, das Blut, das auf das Nervengewebe drückte, abzusaugen.

In der Zwischenzeit benachrichtigte Dr. Serra Thomas´ Eltern, die kurz nach dem Beginn der Operation eintrafen. „Es ist nicht so schlimm, wie es zunächst aussah. Wir sollten froh sein, dass es jetzt geschehen ist. Sein Gefäß hätte auch später reißen können. Die Untersuchungen haben gezeigt, dass es in jedem Fall passiert wäre. Wenn die Operation gut verläuft, wird er wieder gesund“, beruhigte Dr. Serra.

„Wenn die OP gut verläuft?!“, rief Michaels Vater, „was soll das heißen, kommt er durch oder nicht?“

„Das wissen wir erst, wenn alles vorbei ist“, antwortete der Arzt, legte dem Vater tröstend die Hand auf die Schulter, musste sich dann aber verabschieden. Thommis Eltern schauten sich an, Thommi musste sich erst mal hinsetzen, das war nicht so leicht zu verkraften.

„Wie konntest du nur so unvorsichtig sein“, warf Herr Schwert seiner Frau vor.

Sie schaute ihren Mann mit offenem Mund an. „Ich?! Wie kannst du es wagen, mir Vorwürfe zu machen. Denkst du etwa, ich kann seit dieser Unglücksfahrt so einfach weiterleben wie bisher?“

Thommi war starr vor Schreck. Seine Eltern gifteten sich an wie diese intriganten Familienmitglieder in einer der täglichen Seifenopern im Fernsehen. „Du hättest die Kinder an diesem Tag nicht mitnehmen müssen. Erinnere dich, ich war zu Hause und ich war dagegen, dass du sie nach dem Tod deines Vaters ständig zu deiner Mutter mitschleppst."

„Ja! … Ich weiß", erwiderte sie und blickte dabei zu Boden. „Jetzt hört doch endlich auf", schrie Thommi sie an.

„Es ist nicht mehr zu ändern. Mann, ich verlier vielleicht meinen Bruder und ihr streitet euch nur noch seit der Sache. Soll ich meine Eltern auch noch verlieren?", fragte er sie verzweifelt.

Bumm, das hatte gesessen. Bisher dachten Thommis Eltern vornehmlich an sich und ihre eigene Trauer und ihre Schuldgefühle. Thomas war darüber wohl etwas in Vergessenheit geraten. Jetzt war er wieder da und seine Eltern fühlten beide, dass sie bei ihm etwas gut zu machen hatten. Und, dass es mit ihnen so nicht weitergehen konnte, wenn sie ihre Ehe und ihre Familie retten wollten. Thommi gab ihnen den Impuls, wieder zusammenhalten zu wollen.

Drei Stunden später kam endlich der Chefarzt, Professor Ehrlich. „Gute Nachrichten Familie Schwert, Michael hat es geschafft. Wir haben das Hämatom entfernt. Wenn er nach der Narkose aufwacht, machen wir noch einige Tests, um zu sehen, ob ein Gehirnschaden entstanden ist. Im Moment sieht aber alles sehr gut aus. Selbst wenn etwas zurückbliebe, wird er sich bald regenerieren. Glauben Sie mir, Michael wird es schaffen. Ich hoffe, sie schaffen es auch", erklärte der Professor und spielte mit dem letzten Satz auf die Krise von Thommis Eltern an. Es war auch für Außenstehende nicht zu übersehen, dass Herr und Frau Schwert seit dem Unfall große Probleme hatten.

Die beiden schauten sich an, setzten sich zu Thomas und reichten einander die Hände. *Na immerhin*, dachte Thomas, *ein Anfang ist gemacht.*

6. Kapitel

„Hallo Willy“, rief Angelika Redner ihrem Sohn vom Fenster aus zu. Kommt doch hoch, das Essen ist fertig.“ Sie hatte nur flüchtig aus dem Fenster geschaut und nicht gesehen, dass es nicht Thomas, sondern Melvin war, der an Williams Seite stand und sich irgendwie nicht von ihm trennen wollte.

„Ich geh jetzt hoch. Thommi hätte heute eigentlich bei uns übernachtet“, erklärte er seinem Begleiter.

„Soll ich dir noch´n bisschen Gesellschaft leisten?“, fragte Melvin. „Nein lass mal gut sein, ich brauche jetzt erst mal meine Ruhe“, antwortete Willy bedrückt und ging ins Haus. „Bis Montag“, rief Melvin, „Ja, bis Montag“, antwortete Willy traurig, während ihm die ersten Tränen die Wangen hinunterrannen.

Oben angekommen erzählte er seiner Mutter von Michaels schlechtem Zustand und von all den derzeitigen Unannehmlichkeiten, die ihn bedrückten. Allen voran von diesem Melvin, der sich scheinbar in sein Leben schleichen wollte. „Vielleicht ist er gar nicht so schlimm, wie du meinst. Gibt es für solche Fälle nicht auch einen guten Tipp aus den Judoprinzipien?“, fragte sie.

„Ich weiß es nicht“, seufzte William, „vielleicht will ich diesmal gar nicht an unsere Judowerte glauben.“

„Aber man kann sich Regeln nicht zurechtlegen, wie sie einem gerade passen Willy. Wenn du deine Grundsätze nur dann einsetzt, wie sie dir gelegen erscheinen, dann ist das eine verlogene Sache. Da musst du dich schon entscheiden", meinte seine Mutter. Willy wusste, dass sie recht hatte, deshalb nickte er, wollte sich jetzt aber lieber zurückziehen.

Vor dem Einschlafen dachte er noch eine Zeit lang nach, und überlegte, ob er es sich vorstellen könnte mit seinem Tischnachbarn wenigstens eine schulische Zweckgemeinschaft zu bilden. Melvin schien vor allem in Mathe und Physik ganz besondere Fähigkeiten zu besitzen. Vielleicht wäre es möglich, sich gegenseitig zu helfen. So ganz nach dem Judoprinzip: Durch gegenseitiges Helfen zum gemeinsamen Erfolg.

William bemerkte heute Nachmittag sehr wohl, wie interessiert und fasziniert Melvin ihm vom Mattenrand aus beim Judo zuschaute. *Vielleicht könnte ich ihm doch das eine oder andere zeigen*, dachte William. Bei der Gelegenheit ließen sich bestimmt auch ein paar Werte aus Willys Sportart rüberbringen. Die hätte Melvin schon bitter nötig. Jedenfalls müsste sich Melvin ganz schön ändern, gerade wenn sich zwischen beiden auch nur der Hauch einer Freundschaft entwickeln sollte. Aber irgendwann waren Willy diese Gedankengänge zu kompliziert und er schlief endlich ein. Ruhe fand er in dieser Nacht dennoch nicht.

„Ja, Willy du schaffst es! Setz deinen Griff durch! Attackiere ihn weiter mit deinen Techniken!", rief Williams Trainer. Es war der entscheidende Kampf um den Einzug in das Finale der deutschen Meisterschaft.

William und Melvin standen sich gegenüber und die Wertungstafel zeigte den Gleichstand an.

Beide hatten eine kleine Wertung und der Kampf dauerte nur noch 90 Sekunden. Es war eine harte Begegnung, die Kämpfer schenkten sich nichts.

Jeder Angriff des einen war begleitet von Jubelschreien aus dem eigenen Lager und dem Aufschreien der gegnerischen Fans.

Schließlich warf Willy seinen Kontrahenten mit einer Fußtechnik zu Boden und erhielt eine mittlere Wertung dafür. Im Bodenkampf jedoch wurde die Situation unübersichtlich und plötzlich lag Willy fest im Haltegriff von Melvin. „Verdammt", dachte Willys Betreuer, „das war´s", dennoch schrie er seinem Sportler noch weiter Tipps zu, damit dieser alles versuchte sich zu befreien.

Verdammt, dachte auch William, *diesmal darf ich hier verhungern*, wenngleich er alles dafür tat sich zu befreien. Er schob gegen Melvins Rücken, um sich gleichzeitig unter ihm weg zu winden. Er hatte fast sein Bein geklammert, doch Melvin schob es wieder fort, kaum hatte er seinen Arm ansatzweise aus Melvins Umklammerung gelöst, zog dieser ihn wieder zurück und hielt ihn noch fester.

Plötzlich reagierte William panisch. Sein Blick blieb an Melvins Ohrmuschel haften. *„Iieeh, das darf doch nicht wahr sein, kann der Typ sich vor dem Wettkampf nicht waschen"*, urteilte er angeekelt. Melvin hatte seinen Kopf, zur besseren Kontrolle Willys, ganz nah zu ihm heruntergebeugt. William schaute genau in dessen Ohr und wurde bedroht von einem riesigen, ekelhaften, gelben, schleimigen Pfropfen Ohrenschmalz.

Nein, dachte er, *wenn ich hier nicht wegkomme, fällt mir der Popel genau ins Gesicht, vielleicht in die Nase, ich werde daran ersticken. Oder auf´s Auge, mein ganzes Auge wird verklebt sein. Ich werde blind, aaah, aaah, ich muss hier raus! Geschafft!*

Ja, irgendwie hatte er es geschafft, aber um ihn herum war alles dunkel … „Ich bin blind, Hilfe, warum hilft mir niemand, ich bin blind!“, schrie er lauthals.

„Dann nimm endlich dass Kopfkissen vom Gesicht“, riet ihm eine wohlbekannte Stimme, „und komm frühstücken.“ Es war Emma, die ihm von seinem Albtraum erlöst hatte.

Schweißgebadet und völlig erschöpft, tastete er sich langsam an seinen Kopf heran und fühlte tatsächlich etwas Weiches auf seinem Gesicht liegen. Schnell riss er es zur Seite schnappte nach Luft und wurde von der ins Zimmer hinein strahlenden Sonne geblendet. Er wendete sich ab und war froh, dass diese Nacht vorüber war. Endlich Wochenende!

7. Kapitel

Die kommenden Wochen verliefen sehr unterschiedlich für William. Sportlich war er sehr zufrieden, seine Vorbereitungen auf die deutschen Meisterschaften liefen gut. Thomas berichtete regelmäßig über den Gesundheitszustand seines Bruders und den Gefühlszustand seiner Eltern. Tendenziell schien es dort bergauf zu gehen, wenngleich sich die familiäre Situation sehr stark an Michaels Genesung orientierte. Inzwischen hatte sich aber immerhin herausgestellt, dass mit größter Wahrscheinlichkeit kein Gehirnschaden zu erwarten sei. Die letzten Untersuchungen liefen in der nächsten Woche. Bald würde Michael also nach Hause kommen.

Nur mit Willys Tischnachbarn lief es noch nicht so recht. In der Klasse hatte er sich inzwischen einigermaßen eingefügt. Die anderen nannten ihn jetzt „Mel“ und man merkte schon, dass auch die neue Schule ihre Wirkung zeigte. Er hatte zwar immer noch dieses freche, mitunter provokative Grinsen im Gesicht, seine Überheblichkeit hatte er jedoch zu einem großen Teil abgelegt.

Die neue Schulform und die unvoreingenommenen Lehrer hatten ihm gut getan. Hier ermöglichte man ihm, sein Wissen in den mathematischen Fächern auch an schwächere Schüler weiterzugeben. Man erkannte und unterstützte hier seine Stärken, anstatt ständig auf seinen Fehlern herumzuhacken. Vor allem einige Mädchen umschwärmten ihn und fragten ihn in mathematischen und physikalischen Dingen besonders gern um Rat. Das nervte Willy, denn gerade die, die jetzt wie Glucken um ihn herumschwirrten, waren es, die zuvor am lautesten über den „geschorenen Kopf" gelästert hatten. Sie spielten damit auf Melvins kurzrasierte Haare an.

Aber jetzt, wo Melvin sich nur ein bisschen auf sie einstellte und ihnen ganz nebenbei noch ab und zu etwas Nettes sagte, lagen sie ihm zu Füßen. Sogar Willys gute Freundin Sandra schien Melvin verfallen zu sein. Für ein Mädchen war sie ein echt guter Kumpel. Sie gingen schon gemeinsam zur Grundschule und hatten sich ihre Freundschaft, trotz aller Anspielungen und der Häme ihrer Klassenkameraden, bewahrt.

Und Melvin selbst stellte mittlerweile fest, dass ihm Schule manchmal sogar Spaß machte, er war aber noch nicht so weit, es zugeben zu können. Im Unterricht hielt er sich recht gut. Frau Lamm stellte anfangs gemeinsam mit Melvin einen Plan auf. Sie erklärte ihm ausführlich die Regeln der Schule und ließ ihn eine Vereinbarung unterzeichnen, dass er sich mit dem Regelwerk einverstanden erklärt und dass er alles verstanden habe. Die Lehrer hatten einen internen Plan aufgestellt, um Melvin zu „sozialisieren". So hatte Frau Lamm es jedenfalls einmal ausgedrückt, als sie sich mit einer Kollegin über Melvin unterhielt. Willy hatte das Gespräch „zufällig" mitbekommen und ein paar Worte aufgeschnappt.

Als Frau Lamm ihn beim Lauschen erwischte, hatte sie ihm absolutes Stillschweigen auferlegt. Eigentlich hätte sie ihm eine Strafe aufdrücken müssen, aber sie wusste, dass sie sich auf Willy verlassen konnte. Dazu hatte der Hinweis auf seine Ehre als Judoka gereicht. Dann versetzte sie ihm noch einen kleinen Hieb, in dem sie darauf hinwies, das Lauschen mit der Ehrlichkeit eines Judosportlers eigentlich nicht zu vereinbaren sei. Das traf Willy und er fühlte sich auf einmal ein bisschen, als sei er selbst so ein „Melvin". Das passte gar nicht zu ihm, denn an und für sich hielt er sich für den wiedergeborenen Jigoro Kano[5]. Aber es war nicht so leicht, sich immer an Regeln und Werte zu halten. Manchmal setzte er seine hohen Maßstäbe am liebsten nur für andere an und für sich setzte er sie dann hin und wieder außer Kraft. Irgendwie konnte er, gerade jetzt, Melvin ein bisschen verstehen.

Thomas und William hatten damals auch mitbekommen, wie Frau Lamm Melvin nach der Schule ins Sprechzimmer zitierte. Dort musste Sie ihm die klaren Worte für Melvins persönlichen Schulvertrag förmlich um die Ohren gehauen haben, denn als er aus dem Zimmer wieder herauskam, war er puterrot. Thommi und Willy gingen an diesem Tag nicht direkt nach Hause. Sie hatten von der Sache Wind bekommen und wollten auf Melvin warten und sehen, wie er die Unterredung wegsteckt. Er war sichtlich geschafft.

5 Jigoro Kano war Japaner und gründete Judo im Jahr 1882.

„Hey Melvin", rief Willy, „du siehst aus wie 'n Feuermelder. Was hat dich denn so ins Schwitzen gebracht?" Melvin blieb trotz der Anspannung noch ruhig, schließlich hatte er gerade einen Vertrag unterzeichnet, der ihm seine Zukunft sichern sollte.

Er verließ mit den beiden das Schulgelände, bevor er sagte: „Lasst mich in Ruhe, wegen euch Schlappschwänzen werde ich nicht wieder alles kaputtmachen."

In der Zeit, bevor die drei Jungen auf dem Weg zum Judo- und Schwimmtraining angeeckt waren, blieb die tägliche Situation in der Schule zwischen Melvin und Willy angespannt. Es war klar, dass sie sich innerhalb der Schule arrangieren mussten. Keiner von beiden konnte sich einen Eklat leisten, nur weil sie sich nicht sympathisch waren und es anscheinend kaum aushielten, nebeneinander zu sitzen. Natürlich bat William seine Lehrerin, zwischenzeitlich die Schüler mal wieder umzusetzen, sodass auch er die Chance hatte, vielleicht neben Thommi zu sitzen. Aber sie hielt das nicht für gut, wusste sie doch, wie viel sich Willy und Thommi immer zu erzählen hatten. „Nein", sagte sie, „vorläufig bleibt es dabei. Es tut euch beiden gut, einmal über euren Schatten zu springen. Ihr werdet euer ganzes Leben lang auch mit Menschen zusammenarbeiten müssen, mit denen ihr privat nicht unbedingt etwas zu tun haben wollt."

Da war also nichts zu machen. Das passte zwar weder Willy noch Melvin, dennoch hatte Frau Lamm so dazu beigetragen, dass die Jungen lernten, sich zu arrangieren und mit der Zeit neugierig aufeinander wurden. Wenngleich das niemand zugegeben hätte, beide hegten ein heimliches Interesse am Leben und an den Fähigkeiten des anderen.

William hatte längst bemerkt, wie schnell Mel denken konnte und wie vorzüglich er in der Lage war, schwierige Zusammenhänge zu entdecken und zu entschlüsseln. William war nicht schwer von Begriff, aber hin und wieder benötigte er einfach mehr Zeit oder andere Erklärungsansätze, um etwas zu verstehen. In Mathe und Physik rauchte ihm eben manches Mal der Kopf, bevor er nur eine Ahnung von der Lösung hatte. Melvin lehnte sich derweil entspannt zurück oder half dem jeweiligen Lehrer bereits bei der Vorbereitung des nächsten Experiments. Zweifellos gehörte logisches Denken zu seinen Stärken.

Allerdings hatte sich die Situation seit der kleinen Auseinandersetzung auf dem Weg zum Judo- und Schwimmtraining etwas geändert. Es schien Willy, als wäre es nicht mehr nur er, der ein wenig neidisch und zugleich interessiert zu Melvin hinüberschielte. Nein, nun zeigte Melvin auch Interesse an William. Oft fragte er ihn über Umwege nach dessen Sportart. Schließlich überwand sich William und bot Melvin an, gelegentlich mal beim Training zuschauen zu dürfen. Melvin hatte schon lange auf dieses Angebot gehofft und strahlte so sehr übers ganze Gesicht, dass Willy überrascht war, eine solche Reaktion ausgelöst zu haben.

„Es würde dir nichts ausmachen, wenn ich hin und wieder vorbei kommen würde?", fragte Melvin ungläubig.

„Nein", antwortete William und fühlte sich zugleich ein wenig geschmeichelt, dass sich Melvin plötzlich so offenkundig für ihn und seine Freizeitbeschäftigung interessierte. Noch im selben Augenblick nutzte William die gute Stimmung zwischen den beiden und fragte: „Könntest du mir vielleicht heute Nachmittag vor dem Training in Mathe und Physik ein bisschen helfen?", bat William etwas verlegen und hoffend, dass er mit dieser Frage nicht zu viel Schwäche gezeigt hatte. Schließlich wusste er, dass es eigentlich zu Melvins Vorlieben gehörte, aus den Schwächen anderer die eigene Stärke zu entwickeln.

Für einen kurzen Moment herrschte Stille. Es schien, als würde Melvin sehr gut überlegen, wie und was er nun antworten würde. Sollte er seinem „alten" Charakter nachgeben und Willy großmütig mit einem überheblichen Lächeln zusagen und ihm dabei dennoch das Gefühl geben, minderwertig zu sein? Es waren nur Sekundenbruchteile, in denen sich all das abspielte, aber Willy versank fast im Boden vor Scham.

Mist, dachte er, *zu weit aus dem Fenster gelehnt*. Endlich sagte Melvin ganz locker und völlig normal: „Klar mach ich das. Soll ich um drei bei dir sein?" William nickte nur noch. Er war erleichtert.

Ganz im Gegensatz zu Thommi, als er von dieser neuen Symbiose hörte. „Du spinnst wohl. Vor drei Wochen poliert mir der Typ die Fresse und jetzt trifft sich mein bester Freund mit ihm zur Mathestunde bei Kakao und Kuchen. Und außerdem, wie stellst du dir denn den Weg zum Training vor?", fragte Thomas seinen Freund sichtlich erregt, nachdem William ihm die Neuigkeiten auf dem Weg nach Hause erzählte.

„Ich weiß, das war blöd von mir, ich hab in dem Moment überhaupt nicht daran gedacht, dass wir dann alle zusammen gehen. Sorry", antwortete Willy. „Aber gib ihm doch ´ne Chance, das mache ich doch auch."

„Pah, vergiss es, ich geh heute alleine!", schrie Thommi und trat so gegen die Gartentür zum Vorgarten seines Hauses, das sie noch zwei Mal auf und zu schlug, während Thomas im Haus verschwand.

Jetzt saß William ganz schön in der Zwickmühle. Wie konnte er die beiden Streithähne zusammenbringen, ohne dass sie aufeinander losgingen? Vielleicht sollte er Melvin bitten, später zum Training zu gehen. Er wusste nicht, was er machen sollte, und er wollte sich darüber jetzt auch keine Gedanken mehr machen. Er war schon aufgeregt genug, dass Melvin heute zu ihm kommen würde. Noch vor kurzem hätte er es nicht zugelassen, dass dieser Kerl auch nur einen Fuß in sein Zuhause setzt. Heute wollte er gemeinsam mit ihm arbeiten – das war schon verrückt. Und gleichzeitig fiel ihm wieder ein, wie gut das Judoprinzip „durch gegenseitiges Helfen zum gemeinsamen Erfolg" hier passte.

Als Melvin endlich eintraf, schien er ziemlich abgehetzt und aufgewühlt. „Was ist denn los?“, fragte Willy.

„Och, ich hab gerade ein kleines Wettrennen hinter mir.“ Willy schaute ihn verwundert an. „Mein Vater war mir auf den Fersen, wir hatten Streit und er wollte mir Hausarrest geben. Aber das läuft mit mir nicht“, erklärte er und tippte sich dabei mit dem Zeigefinger an die Stirn.

William zog ratlos die Augenbrauen hoch. „Komm lass uns anfangen“, drängte Melvin, „wir wollen nachher ja nicht zu spät zum Judo kommen.“

Melvin war ein Meister im Erklären schwieriger Zusammenhänge. Physik und Mathe waren William noch nie so klar wie heute. Als Willy dann – wie immer ziemlich spät – seine Tasche packte, wurde Melvin unruhig, bevor er sich schließlich doch traute zu fragen: „Hast du vielleicht noch einen Anzug, den du mir mal leihen könntest?“

Als Willy diese Frage hörte, klingelte es in seinen Ohren. *Der will doch nicht etwa in meiner Trainingsgruppe mittrainieren?*, dachte er. Melvin empfand in diesem Moment ähnlich wie Willy am Morgen in der Schule. Er zeigte Schwäche. Er bat einen,

Hilfsbereitschaft

der zumindest noch halbwegs sein Rivale war, um Unterstützung. William dachte einen kurzen Moment nach, ob er sich jetzt nicht doch für manche verletzende Überheblichkeit seines Klassenkameraden revanchieren sollte? … Nein, das konnte er nach diesem Nachmittag wirklich nicht machen.

„Ja, ich hab noch einen, er wird einigermaßen passen, obwohl du größer bist als ich. Hier, pack ihn dir in die andere Tasche." Dann wurde es Zeit zu gehen. Thommi klingelte diesmal nicht.

„Was ist mit Thomas?", fragte Melvin.

„Er kommt nicht, er wollte lieber alleine gehen", erwiderte William. Dabei blickte er in Melvins Gesicht, das ihm plötzlich einen sehr zufriedenen Ausdruck verriet. William meinte sogar ein Lächeln wahrgenommen zu haben. Das gefiel ihm gar nicht. *Na warte*, dachte er, *das wird ein Nachspiel haben.*

8. Kapitel

„Auf, auf, ein bisschen schneller! Die Anfänger hier rüber, die Wettkämpfer beginnen mit dem Tandokurenshu[6] ihrer Spezialtechniken“, erklärte Daniel, der Judotrainer. „Hey, worauf wartest du?“, herrschte Daniel Melvin an, der scheinbar ausprobierte, was er sich beim Judo erlauben konnte, und was nicht. „Du bist auf eigenen Wunsch hier, wenn du dich nicht bewegen willst – dort ist die Tür.“

„Ja, ja ist schon gut, ich bin ja da. Entschuldigung“, antwortete Melvin etwas verlegen. Es reizte ihn, die scheinbar starren Strukturen in diesem Judosystem aufzubrechen und für ein bisschen Wirbel zu sorgen. Daniel behielt ihn aber so gut im Auge, dass er kaum eine Chance hatte, beim Spielen oder Üben auf Kosten der anderen seine Späße zu treiben.

Nach einiger Zeit verging ihm auch die Lust, immer wieder auf einen geeigneten Moment zu warten, um Widerworte zu geben oder andere ein wenig zu piesacken. Er hatte einfach Freude an diesem Sport und an den neuen, ungewohnten Bewegungen. Die Lust darauf andere aufzuwiegeln, einen Keil zwischen sie zu treiben, verschwand. Immer dann, wenn er neue Jugendliche kennenlernte, flammte seine Schwäche auf, wegen der er schon so oft in Schwierigkeiten geraten

6 Üben von Bewegungsabläufen ohne Partner.

war. Es war geradezu ein innerer Zwang, der ihn zu diesem Verhalten drängte.

Plötzlich klatschte Daniel in die Hände und rief: „Partnerwechsel, wir machen alle Bodenrandori[7]!" Alle Kinder liefen wild durcheinander auf der Suche nach einem neuen Partner, nur einer kam ganz gelassen und ein klein wenig überheblich auf seinen auserwählten Uke[8] zu. Es war William, der sich vor Melvin verneigte. „Was du willst mit mir kämpfen? So weit bin ich doch noch gar nicht", rutschte es Melvin ein wenig erschrocken heraus.

„Ach, stell dich nicht so an", antwortete Willy nur. Und dann ging es los, William packte den noch unbeholfenen Melvin am Kragen, drückte ihn um und wechselte von einem Haltegriff in den anderen. Melvin versuchte sich frei zu strampeln und sah dabei aus wie ein auf dem Rücken liegender Maikäfer. Der Kampf ging nur drei Minuten, aber es waren die längsten Minuten seines Lebens. Willy ließ ihm keine Chance, als er dann noch begann, seine Armhebel und schließlich seine Würgetechniken auszuprobieren, war es endgültig zu viel für Melvin. Mit Schweißperlen auf der Stirn und hochrotem Kopf rannte er von der Matte zur Toilette. Melvin hatte das Gefühl, er müsse sich überge-

7 Bodenkampf, dabei wendet man nur Techniken, wie etwa Haltegriffe oder Armhebel an, darf dabei aber nicht aufstehen. Man bleibt immer auf den Knien, der Bauch-, Seit- oder Rückenlage und versucht den Partner zu kontrollieren.

8 Uke ist der Judopartner

ben. Schließlich genügte es ihm, sich das Gesicht mit kaltem Wasser abzuwaschen, um sich zu normalisieren.

Er wusste nicht, weshalb William das getan hatte, als er zurückkam sah er, wie der Trainer mit dem Judoka sprach. Willy hörte ihm zu, er sah wütend aus. Dann war das Training beendet. Melvin ging sofort auf Willy los und schubste ihn heftig zu Boden. „Mann, was sollte das eben? Wie wär´s mit Rücksichtnahme, gehört das nicht zum Judo?“, schrie er seinen Klassenkameraden an.

„Doch, das gilt – aber nicht für Kotzbrocken!“, konterte Willy.

„Wenn du glaubst, du könntest zwischen Thommi und mir stehen, hast du dich getäuscht!“ Melvin fühlte sich ertappt. Willy musste gar nichts weiter sagen. Melvin wusste genau, was er meinte. Er hatte gespürt, wie Melvin sich innerlich freute, nachdem klar war, dass sie ohne Thommi zum Training gingen.

In diesem Moment rief eine Stimme: „Hey, wo bleibt ihr denn? Wie lange soll ich noch warten? Ich krieg langsam Hunger.“

Es war Thomas, der wohl über seinen Schatten gesprungen war und der auf seinen Freund Willy nicht verzichten wollte, auch wenn er Melvin dafür erdulden musste. Und als er die beiden Streithähne sah, verriet ihm sein Gefühl, dass er als Willys Freund sicher nicht abgeschrieben war.

9. Kapitel

Als William Thommi am nächsten Morgen von zu Hause abholte, strahlte dieser übers ganze Gesicht. Das konnte eigentlich nur eines bedeuten: Sein kleiner Bruder würde wohl endlich heimkommen. Und dem war auch so. „Stell dir vor, Michi ist wieder ganz gesund! Heute Vormittag holt Mama ihn ab. Er soll nur noch zwei Wochen zu Hause bleiben, bis er wieder in den Kindergarten geht!", rief er Willy freudig zu. Und so begann der Tag für William und Thomas außerordentlich zufriedenstellend.

Zumindest bis zur Physikarbeit in der dritten Stunde konnte ihre Stimmung nichts trüben. Anschließend aber machte sich wieder Missmut breit. Für Melvin war die Arbeit natürlich wieder einmal ein Klacks. Alle standen um ihn herum und fragten ihn aus: „Was hast du bei der ersten Frage geantwortet? Wie beschreibt man denn nun das Wechselwirkungsprinzip? Hast du am Ende auch 740 ccm ausgerechnet?" Bla, bla, bla, dachte Willy.

Melvin genoss den Zuspruch sichtlich und gab sein Wissen zum Besten. Thommi und Willy hatten zwar alle Aufgaben gelöst, ein gutes Gefühl hatten sie aber nicht. Willy war auch gar nicht davon überzeugt, dass das Üben mit Mel wirklich etwas genutzt hatte. Also lästerten sie in ihrer Unsicherheit und ihrem Frust erst einmal über den neuen „Klassenliebling" ab.

Sandra beobachtete die beiden schon eine Weile und als sie die Hetzerei auf Melvin mitbekam, sagte sie: „Seid ihr etwa eifersüchtig? Ich hätte nicht gedacht, dass ihr – dass du Willy – das nötig habt." Rumms, da hatte Sandra ihren alten Freund erwischt. Ja, er war eifersüchtig und er fühlte sich, als wäre er in seiner Klasse zu einem Niemand degradiert. Aber das war zum Glück nur ein Gefühl, denn die Klasse sollte ihm bald zeigen, wie sehr sie ihn schätzte.

Zu Hause ärgerte sich William ein bisschen, dass er Melvin so nah an sich herangelassen hatte. Es überkam ihn das Gefühl, er könne ihn jetzt sicher nicht mehr loswerden. Jetzt hatte er Melvin auch noch beim Training vor der Nase und duldete, dass er den von Willy geliehenen Judogi[9] vollschwitzte. Er wollte ihn heute darauf aufmerksam machen, dass er sich doch mal langsam einen eigenen kaufen sollte, wenn er beim Training bleiben wolle.

Vielleicht sage ich ihm, dass ich den Eindruck habe, dass Judo doch nicht die richtige Sportart für ihn ist, dachte Willy, *und werde ihn so wieder los. In Mathe und Physik komme ich auch allein zurecht.* Plötzlich klingelte das Telefon. „Willy!", rief Emma, „bist du taub? Das Telefon läutet."

„Dann geh doch endlich ran", rief William zurück.

„Geht nicht, ich muss gerade meine Haare flechten",

9 Der Judogi ist der Judoanzug

antwortete Emma. Willy verdrehte die Augen und dachte nur *Mädchen!*, und als er Emma im Flur vor dem Spiegel stehen sah und direkt daneben das Telefon klingelte, hatte sich jedes Vorurteil, das er über seine Schwester hatte, vollends bestätigt.

Er sagte nur noch: "Gib dir keine Mühe, bei dir nutzt das nichts", bevor er den Hörer abnahm und sich meldete: „Hallo? … Hi …" Dann bekam William kein Wort mehr heraus. Er wurde ganz blass, sodass Emma, die sich eben schon überlegt hatte, wie sie Willy beim Abendessen bei Mutter und Vater anschwärzen konnte, plötzlich Angst um ihren Bruder bekam.

„Willy, was ist los?", fragte sie besorgt. Willy hatte den Hörer noch am Ohr, bekam aber kein Wort heraus. Schließlich sagte er: „Komm vorbei", legte auf und ging gesenkten Hauptes in sein Zimmer.

Emma konnte die Anspannung kaum ertragen, sogar ihre Zöpfe waren ihr jetzt völlig egal. Aufgebracht fragte sie: „Wer war das?"

„Thommi", sagte William.

„Oh Gott ist was Schlimmes passiert? Ist was mit Michael? Ist er tot?" Emma hatte eine lebhafte Fantasie und verstand es, aus der Wahrheit flugs Katastrophengeschichten zu fantasieren.

„Was? Quatsch, Michi ist okay. Thommi zieht weg. Er geht nach Frankfurt, sein Vater hat dort ein Jobangebot bekommen." Dann ging er in sein Zimmer knallte die Tür zu und schrie Emma noch zu:

„Wenn´s klingelt, mach auf! Thommi kommt gleich her."

So gut der Tag für William auch begonnen hatte, am Abend war davon nichts mehr übrig. Nachdem ihm sein bester Kumpel halb traurig, halb vor Freude überschäumend von seinen neuen Plänen berichtet hatte, versuchte er sich, zu sammeln und Größe zu zeigen.

„Mensch Thommi, ich find´s Scheiße, dass du gehst, aber ich freue mich für dich." Thommi hatte schon oft davon erzählt, dass sein Vater auf der Suche nach einem besseren Arbeitsplatz sei. Auf lange Sicht war also mit einem Umzug zu rechnen. Lust hatte Thommi dazu zwar keine, aber eine Wahl hatte er auch nicht. Und so freundete er sich schnell mit dem Gedanken an, denn in Frankfurt durfte er künftig ein Sportgymnasium besuchen. Dort hatte er auch in der Schule tolle Trainingsvoraussetzungen – und eine erfolgreiche Schwimmmannschaft, für die er sich gerne empfehlen wollte.

Sein Vater hatte bereits mit dem Schulleiter gesprochen und es war so gut wie sicher, dass er angenommen würde. Und weil Willy wusste, wie viel Glück für Thommi hier zusammenkam und wie viel auch ihm selbst seine sportliche Zukunft bedeutete, nahm er die Nachricht so auf, wie man es von einem Judoka erwarten konnte: Er bewahrte die Haltung und nahm seinen Freund in den Arm. Dann wischte er sich eine Träne aus dem Auge und sagte noch: „Wehe, du meldest dich nicht."

Thommi lachte und erwiderte: „Hey, wem sonst sollte ich von meinen Erlebnissen berichten? Außerdem chatten wir doch eh! Komm, jetzt lade ich dich zum Eis ein.“ Jetzt konnten beide wieder lachen und noch bevor Willys Mutter Einspruch erheben konnte, weil es bald Zeit zum Abendessen war, hatten sich die zwei schon abgeseilt.

Freundschaft

10. Kapitel

Thommi und Willy setzten sich mit ihren Eiswaffeln und ihren Riesenkugeln auf die Bank vor der Eisdiele und schauten geradewegs auf eine Fläche, in deren Mitte ein großer Springbrunnen stand. Der Platz lag mitten in der Fußgängerzone und war der Treffpunkt für viele Jugendliche. Es gab sogar einen Bereich, der eigens für experimentierfreudige Skater angelegt war. Auf einer großen Halfpipe und mehreren kleinen Rampen und Treppen konnte man sämtliche Kunststücke austesten.

Hier am Ratsplatz gab es immer etwas zu sehen. Wenn man alleine war, konnte man sicher sein, jemanden zu treffen, den man kennt, und wenn nicht, dann bewunderte man die coolen Kunststücke oder amüsierte sich über die Missgeschicke der Anfänger. „Ich werde diesen Ort vermissen", sagte Thommi ein wenig wehmütig.

Aber Willy wollte keine Trübsal mehr aufkommen lassen und machte Thommi auf ein Mädchen aufmerksam, die auf ihren Inlinern eine bemerkenswert gute Figur machte. „Schau doch mal, siehst du die mit den langen braunen Haaren?", fragte er seinen Kumpel.

„Welche? Die, die den Helm abgenommen hat und sich gerade mit den Fingern durch die Haare fährt?", erwiderte Thommi.

„Ja. Findest du sie hübsch?", fragte William.

POST

„Na ja, sie wirft ihre Haare zurück wie deine Schwester", antwortete Thommi etwas desinteressiert.

„Was? Du Banause! Meine Schwester ist ein Baby. Das – ist ein richtiges Mädchen!", sagte Willy verzaubert. William war fasziniert von ihr, sie bewegte sich auf den Skates so sicher, als seien sie ihr angewachsen. Dabei behielt sie in jeglicher Situation die Kontrolle. Einmal hatte sie fast einen Zusammenstoß, doch sie wich grazil aus und drehte noch gekonnt eine Pirouette, dass man hätte annehmen können, sie sei mit Absicht so gefahren.

„Hey, Willy. Wach auf. Verguckst du dich gerade in das Mädel oder was?", fragte Thommi. Er bemerkte, dass ihn Willy gar nicht mehr hörte und musste ihm deshalb einen Schubs von der Seite geben. „Komm, ich muss jetzt nach Hause, frag sie nach ihrer Telefonnummer", schlug Thommi vor.

„Spinnst du?", sagte Willy und schüttelte den Kopf „man wird ja wohl noch mal das Können anderer bewundern dürfen, oder?", sagte er etwas verlegen.

„Aha, so nennt man das heutzutage", murmelte Thommi. Dann standen sie auf und gingen nach Hause. Am Ende der Straße trennte sich ihr Weg und beim Blick zurück beobachtete William, wie sich das Mädchen angeregt mit einem anderen Jungen unterhielt, den er inzwischen gut kannte. Es war Melvin.

11. Kapitel

„Gut gemacht, William“, sagte Frau Lamm anerkennend, als sie die Physikarbeiten austeilte, „es war knapp, aber eine drei ist eine drei“, ergänzte sie.

Willy strahlte sie an und konnte seine Zufriedenheit nicht verbergen. Melvin versetzte ihm einen freundschaftlichen Stoß mit dem Ellenbogen, zwinkerte ihm zu und meinte: „Na, hat doch was genutzt, oder?“ Willy nickte.

„Wenn ihr gleich in die Pause geht, könnt ihr euch schon mal ein paar Gedanken darüber machen, wen ihr als Klassensprecher wählen wollt. Nachdem Thommi uns bald verlässt, haben wir auch keinen Vertreter mehr und die nächste Stunde bietet sich an, einen Nachfolger zu finden“, meinte die Klassenlehrerin, während die Schulglocke gerade die große Pause einläutete.

Jonas, der bisherige Klassensprecher, war zu Beginn dieses Schuljahres für ein halbes Jahr zu seinem Vater nach England gegangen und besuchte jetzt dort die Schule. Wenn es ihm gefiele, wolle er sogar dort bleiben, hatte er noch vor seinem Weggang getönt, weil ihn seine Mutter mit ihren ewigen „Tu-dies-und-lass-das-Sprüchen“ furchtbar auf den Wecker ging.

Inzwischen, so wusste Willy von Thomas, hatte Jonas schreckliches Heimweh. Sein Vater hatte viel zu wenig Zeit für ihn und die englische Schule, in der er gezwungen war, eine Uniform zu tragen, gefiel ihm überhaupt nicht. Jonas und Thommi schrieben sich oft Mails, und als Jonas´ Stellvertreter hielt Thommi seinen Kumpel stets auf dem Laufenden, was die Klasse anging. Nun also war es an der Zeit, ihre Positionen neu zu besetzen.

Klar dachte William daran, sich zur Wahl zu stellen, Thommi hätte ihn gerne vorgeschlagen. Auf der anderen Seite hatte er aber das Gefühl, in der Klasse gar nicht mehr so angesehen zu sein, und warum sollte er sich einer Niederlage aussetzen? Er zog es vor zu kneifen und deshalb verbot er Thommi, ihn auf die Liste setzen zu lassen. Allerdings rechnete er nicht damit, dass ein anderer auf diese Idee käme. Nachdem sich in der Pause die meisten Klassenkameraden angeregt über die eventuellen Kandidaten austauschten, verbrachten Melvin, Thomas und William ihre Zeit auf der Mauer am Fußballplatz. „Könnt ihr Inliner fahren?", fragte Melvin.

„Logo", sagte Thomas, „du nicht?" Melvin reagierte betroffen auf Thomas´ Gegenfrage: „Na und, ist was dabei? Hat ja nicht jeder die Kohle, sich so ´n paar Dinger zu leisten."

„Tschuldige", beschwichtigte Thommi sofort „so hab ich das gar nicht gemeint." Nach einer betretenen Pause bot Thommi an: „Ich hab noch ein Paar alte Inlineskates. Wenn wir umziehen, nehme ich die sowieso nicht mit und wenn dir´s nichts ausmacht, dass es nicht die Neuesten sind, kannst du sie haben."

„Echt? Das wäre wirklich nett, danke", erwiderte Melvin überrascht. William lief es unterdessen eiskalt den Rücken hinunter. Er wusste sofort, weshalb Melvin dieses Thema ansprach. Sie hatten wohl denselben Geschmack, was Mädchen anging. Zum Glück ertönte der Gong, und somit entging er weiteren Gesprächen dieser Art, zu denen er auch überhaupt keine Lust hatte.

Einmal pro Woche stand jeder Klasse eine Stunde zur Verfügung, um einen Klassenrat abzuhalten. Hier wurde alles besprochen, was die Woche über gut oder schlecht gelaufen war. Diesmal also sollten die neuen Klassensprecher gewählt werden, und Frau Lamm forderte ihre Schüler auf, Vorschläge zu machen. Sie erlaubte ihnen, ihr die Namen zuzurufen, während sie die Schüler an die Tafel schrieb: Dominik, Sandra, Melvin, Chris.

„Ich möchte noch Willy vorschlagen", rief Ivo. „Oh ja, eine gute Idee", gab Silke noch zum Besten. William schaute überrascht auf. Ausgerechnet diese beiden schlugen ihn vor. Silke und Ivo gehörten zu denen, die viele Freunde in der Klasse hatten und zugleich großen Einfluss auf viele Kinder ausübten. Sie hatten sich in letzter Zeit aber auch sehr gut mit Melvin gestellt.

William hatte – außer mit Thommi – mit niemandem über eine mögliche Wahl gesprochen. Er war so überrascht, dass er keinen Ton herausbrachte. Ein Blick zu Thomas, der verwundert die Augenbrauen hochzog und nur ratlos mit den Schultern zuckte, verriet ihm, dass dieser wohl nichts damit zu tun hatte. Willy fühlte sich einerseits geschmeichelt, andererseits stellte er sich auf ein niederschmetterndes Ergebnis ein. Er rechnete sich keine Chancen aus. Von Melvin hingegen glaubte er zu wissen, dass er eine große Anhängerschaft habe. Er überlegte noch, ob er sich wohl besser von der Liste streichen lassen sollte, als schon Dominik bekundete, dass er nicht zur Verfügung stehe. Frau Lamm strich Dominik also von der Liste, fragte noch kurz nach, ob die anderen bereit seien und schaute Willy mit ihrem durchdringenden Blick an. Willy war hin und hergerissen – schließlich nahm er allen Mut zusammen, holte tief Luft und … sagte nichts, er schnaubte nur.

Frau Lamm verteilte die Wahlzettel. Beim Auszählen der Stimmen wurde es spannend. Thommi hatte diese Aufgabe übernommen und las die Namen vor, während Frau Lamm die Striche auf die Tafel übertrug.

Die ersten Stimmen verteilten sich fast gleichmäßig auf die vier Kandidaten. Dann jedoch wendete sich das Blatt. Sandra und Melvin verbuchten die nächsten zehn Zettel auf ihren Namen. Chris und Willy waren weit abgeschlagen. Willy ahnte, wie das enden würde. Innerlich fühlte er, wie sich sein Selbstbewusstsein auf den Weg zum Nullpunkt begab. Er war auf seinem Stuhl weit nach vorne gerutscht, nur noch die Schultern berührten die Stuhllehne. Mit verschränkten Armen, hochgezogenen Schultern und gesenktem Blick sah er seiner größten persönlichen Niederlage entgegen.

Doch plötzlich hellte sich Thommis Gesicht auf und er las mit unverhohlener Freude „William“ vor. Dann ging es weiter: „Willy, … Willy, … William, … Willy, … William …"

William traute seinen Augen und Ohren nicht mehr. Langsam rutschte er mit seinem Po wieder in Richtung Stuhllehne, um sich aufzurichten und löste seine Fäuste, die er unter den verschränkten Armen geballt hatte. Seine Hände waren ganz weiß, so fest hatte er seine Finger zusammengekrallt. Schließlich gewann er mit 16 von 33 Stimmen die Wahl und Sandra wurde mit neun Stimmen seine Stellvertreterin. Es war ein heilloses Gejohle und Gekreische, als klar wurde, dass ausgerechnet diese beiden sich das Amt teilen würden. Aber das machte ihnen nichts aus. Sie wussten ja was sie voneinander zu halten hatten und Willy war einfach glücklich über diese Wahl, die ihm so viel mehr bedeutete, als nur die verantwortungsvolle Position eines Klassensprechers.

Melvin hatte seine Niederlage mit Fassung getragen. Klar wäre es auch für ihn cool gewesen, wenn er nach der kurzen Zeit in der Klasse schon Klassensprecher geworden wäre. Allerdings hatte er weder darauf spekuliert noch erwartet, überhaupt auf der Liste zu stehen. Für ihn hatte diese Wahl nicht dieselbe Bedeutung wie für William, er ahnte auch nicht, wie wichtig diese Entscheidung für seinen Kameraden war. Melvin war zurzeit mit ganz anderen Gedanken beschäftigt. Er überlegte, wie er es anstellen könnte, auf Inlineskates eine gute Figur zu machen.

12. Kapitel

Thomas und seine Familie waren in den nächsten Tagen sehr damit beschäftigt, ihren Umzug zu organisieren, sodass Thommi wenig Zeit hatte, sich mit Willy zu treffen. Auch den Weg zum Training teilten sie sich derzeit selten. Es gab so viel zu erledigen, dass Thommis Mutter ihn oft erst kurz vor Trainingsbeginn in die Schwimmhalle fuhr. Die Freunde bedauerten es sehr, so wenig Zeit miteinander verbringen zu können, andererseits war es eine gute Vorbereitung auf die bevorstehende Trennung. Immerhin sahen sie sich noch in der Schule, die Zeit dort war allerdings auch knapp, und sie kamen kaum alleine miteinander ins Gespräch.

Dafür konnte sich die Freundschaft zwischen Willy und Melvin langsam festigen. Mel war beim Judo ein gelehriger Schüler, und da er in etwa dasselbe Gewicht wie Willy hatte, trainierten sie immer öfter miteinander. Melvin hatte sich inzwischen mit den festen Judoregeln abgefunden, einzig die Überlegenheit seines Sportkameraden machte ihm noch hin und wieder zu schaffen. Da sich Willy auf die deutschen Meisterschaften vorbereitete, erwartete Daniel, dass sich alle diesem „hohen Ziel" unterordneten. Allen voran Melvin, der wegen seiner Körpergröße und seiner schlaksigen Art dem größten Widersacher Willys so ähnlich war.

Willy war an einem guten Tag in der Lage, fast jeden

Gegner seiner Alters- und Gewichtsklasse zu besiegen, nur an diesem Simon Vinzens biss er sich immer wieder die Zähne aus. Der Berliner Kämpfer war ein Jahr älter als William, bevorzugte es, seine Wurftechniken links anzusetzen und ließ sich verdammt schwer werfen. Melvin verstand es ausgezeichnet, Simons Art zu imitieren. Für ihn bedeutete das jedoch, sich ständig den Bedürfnissen Willys unterzuordnen. Das gefiel ihm gar nicht.

Ganz besonders heute ärgerte Melvin diese Situation. Wieder einmal durfte Willy seinen Kollegen beim Techniktraining auf die Weichmatte werfen, wie es ihm beliebte. Natürlich durfte auch Melvin üben, aber bei ihm sahen die Würfe noch nicht so spektakulär und perfekt aus. Während die beiden sich also in Vollendung übten, fuhr eine Gruppe von Mädchen auf ihren Inlineskates an der großen Fensterfront des Dojos vorbei. Plötzlich blieben sie stehen, machten eine Pause und begannen sich zu unterhalten. Sie schauten immer öfter zur Judomatte hin, vor allem zu dem Jungen, der seine beeindruckenden Wurftechniken an der Weichmatte ausprobierte. Man konnte sehen, wie sie begannen zu tuscheln.

Willy bemerkte zunächst nichts, weil er mit dem Rücken zum Fenster stand. Nur Melvin, der ja immer wieder geworfen wurde und so auf dem Rücken liegend den Blick nach draußen wandte, bemerkte, was da vor sich ging. Plötzlich nahm eines der Mädchen ihren Helm ab, fuhr sich mit den Fingern durch ihr Haar und schüttelte ihren Schopf auf unverwechselbare Weise. In diesem Moment schaute Melvin zu den Mädchen und sein Gesichtsausdruck verriet Willy unmittelbar, dass es hinter seinem Rücken etwas zu sehen geben musste.

Er drehte sich um und erkannte das Mädchen, das er neulich bei den Rampen am Ratsplatz gesehen hatte und mit dem Melvin einige Worte gewechselt hatte. Während Melvin noch wie paralysiert auf dem Rücken liegend eine etwas hilflose Erscheinung war, fasste sich Willy schnell und zog seinen vermeintlichen Rivalen in dieser Mädchenangelegenheit an beiden Jackenrevers hoch in den Stand. Willy durfte noch dreimal werfen. Dreimal bot sich ihm die Gelegenheit, einen unwiederbringlich guten Eindruck bei diesem Mädchen zu hinterlassen. Also positionierte er seinen Partner, wie es für die nächste Technik erforderlich war, packte ihn und warf ihn nach einer kurzen Schrittfolge spektakulär hinter seine eigene Schulter, während er mit dem Blick dem Flug von Melvin und dessen Landung auf der glücklicherweise weichen Matte verfolgte.

Im Augenwinkel registrierte er zufrieden die Reaktion seiner Zuschauerinnen. Nachdem nun Melvin an der Reihe war, wollte natürlich auch er glänzen, aber leider kam es nicht mehr dazu. Die Mädchengruppe löste sich auf und die Girls verschwanden in alle Richtungen. Melvin und Willy sprachen nicht über diese Begebenheit, wenngleich Melvin gespürt haben musste, dass William sich eben noch besonders ins Zeug gelegt hatte. Allerdings gab es für ihn – im Gegensatz zu Willy – keinerlei Grund, in dieser Angelegenheit argwöhnisch zu sein, sodass er dessen Engagement auf das bevorstehende sportliche Ereignis zurückführte. Immerhin waren es nur noch wenige Wochen bis zur deutschen Meisterschaft.

Für sein zweites Hobby, das Skateboardfahren, hatte Willy in den vergangenen Wochen kaum Zeit. Seine Übungseinheiten mit Melvin für Mathe und Physik, und sein Judotraining für sein großes sportliches Ziel in diesem Jahr nahmen seine ganze Aufmerksamkeit in Anspruch. Bisher hatte sich die geopferte Zeit auch echt gelohnt. Er stand in beiden Fächern auf einer guten drei. Melvin hatte ihn wirklich sehr unterstützt und Willys Erfolge waren auch für ihn eine wichtige Bestätigung.

Jetzt aber gab es eine ganz neue und besonders interessante Perspektive für William. Diese wollte er allerdings auf eigene Faust erreichen. Seine Annahmen, dass sich das begehrte Mädchen öfter am Ratsplatz mit ihren Freundinnen aufhielt, um dort ihre Inlinekünste zu verbessern, waren richtig. Er war inzwischen regelmäßig dort vorbeigegangen und versuchte ausfindig zu machen, um welche Zeit seine Angebetete sich dort aufhielt. Das war wirklich nicht schwer, sie war jeden Nachmittag zu sehen. Nachdem sich ihre Blicke bereits einige Male gekreuzt hatten und sie Willy irgendwann auch als den Jungen identifizierte, dem sie neulich beim Judotraining beeindruckt zugeschaut hatte, grüßten sie sich sogar: Im Vorbeigehen nickten sie einander zu. Schließlich entschloss er sich, heute sein leicht angestaubtes Skateboard unter dem Bett hervorzuholen und ihm wieder Leben einzuhauchen.

Ohne Thomas und ganz und gar ohne Melvin machte er sich auf zu besagtem Platz und hoffte, das Mädchen zu treffen. Als er ankam, war noch nicht viel los. Es war erst halb vier und er nutzte die Gelegenheit, sich erst mal einzufahren. Dann füllte sich der Ort langsam mit Leben und Skateboarder und Jugendliche auf Inlinern bevölkerten die Rampen.

Willy hatte so viel Spaß am Fahren, dass er zwischenzeitlich fast vergaß, weshalb er eigentlich hier war. Und als er konzentriert auf den nächsten Sprung plötzlich ein Hindernis wahrnahm und ausweichen musste, kam es zu einem schrecklichen Sturz. Zumindest sah es so aus. Jemand hatte ihm versehentlich Inliner in den Weg gelegt, Willy wich zur Seite aus und raste auf das nächste Hindernis zu: Eine niedrige Stufe, die nur wenige Zentimeter aus dem Boden herausragte. Für die kleinen Räder eines Skateboards aber, kam die Erhebung einer unüberwindbaren Mauer gleich. William jedenfalls konnte nicht mehr rechtzeitig reagieren, um die vorderen Rollen seines Brettes über das Mäuerchen zu dirigieren. So blieb sein Board einfach stehen und er machte einen Riesensatz nach vorne.

Glücklicherweise erkannte er, dass er von seinem Brett noch abspringen musste, sonst wäre er unmittelbar auf zwei kleinere Kinder gestürzt, die gerade auf dem Weg zum Springbrunnen waren. Willy sprang also beherzt vom Skateboard weit nach vorne ab, überflog förmlich die beiden Zwerge und rollte gekonnt mit einer perfekten Fallübung über den steinharten Boden, bis er auf beiden Beinen landete und verdutzt und wie angewurzelt stehen blieb. Nach einer Schrecksekunde drehte er sich um und schaute in ein noch viel verdutzteres Gesicht, während die anderen Jugendlichen um ihn herumstanden und applaudierten. Er schaute in das Gesicht von Lea, dem Mädchen, deretwegen er gerade Kopf und Kragen riskiert hatte. Denn sie war es, die unachtsam ihre Inliner ausgezogen und sie einfach hinter sich gelegt hatte.

Mut

Lea starrte ihn mit ungläubigen Augen und offenem Mund fassungslos an. Lea war aber auch genau das Mädchen, das Willy gehofft hatte hier zu treffen. Als er sie erkannte, versuchte er seinen eigenen Schreck weg-

zustecken und sagte: „Tja, das nenne ich den besten Einsatz von Körper und Geist[10]“, denn er hatte in Sekundenbruchteilen eine Entscheidung treffen und seinen Körper richtig einsetzen müssen.

Als Lea endlich ein Wort herausbrachte fragte sie nur: „Wie hast du das geschafft, ohne dich zu verletzen – du hast dir doch nichts getan, oder?“

Na ja, das wusste Willy eigentlich selber nicht, aber es schien ihm zumindest nichts geschehen zu sein und deshalb sagte er: „Gelernt ist gelernt, wenn man beim Judo nicht fallen kann, hat man schon verloren.“

Lea hatte sich inzwischen gefasst und fand augenscheinlich Gefallen an diesem Stuntman. „Ja, ich habe dich vor kurzem in der Judohalle gesehen, da musstest du aber nicht fallen, sondern hast deinen Kollegen ganz schön heftig geworfen.“

„Ach“, meinte Willy, „du hast uns beobachtet?“

„Nur so nebenbei“, wiegelte Lea ab. „Komm ich lade dich zum Eis ein, schließlich bin ich für deinen Sturz verantwortlich gewesen.“

Das ließ sich William nicht zweimal sagen, ging mit ihr zur Eisdiele und, weil er wissen musste, wie die Dinge zwischen ihr und Melvin standen, ergänzte er noch: „Ich dachte du wolltest neulich schauen, wo mein Freund Melvin trainiert.“

„Wer? War das dein Partner? Den kenne ich nicht.

10 Der beste Einsatz von Körper und Geist ist eines der wesentlichen Prinzipien des Judo.

Hast du mich etwa bemerkt, als wir dort standen?", fragte Lea.

William errötete und antwortete nicht. Aber dass sie Melvin verleugnete, obwohl sie schon miteinander geredet hatten, fand er ein bisschen komisch. *Egal, umso besser für mich*, dachte er schließlich und ließ sich das Vanilleeis prächtig schmecken. Für eine Verabredung in den nächsten Tagen reichte weder Willys noch Leas Mut und deshalb verabschiedeten sie sich vorerst ganz unverbindlich mit einem „bis zum nächsten Mal!" Willy schwebte auf Wolke sieben – und auch Lea schien leicht verändert ihrer Wege zu gehen.

13. Kapitel

Melvin ahnte von all dem nichts, er hatte sich inzwischen mit Thommi getroffen, um sich die alten Inlineskates aushändigen zu lassen. Sie waren wirklich schon ziemlich gebraucht. *Na gut, ihren Zweck werden sie wohl erfüllen*, dachte sich Melvin. Ihr Zweck war: Die erneute Kontaktaufnahme zu dem Mädchen, das er neulich beim Inlineskaten beobachtet hatte und das ihn so faszinierte.

„Wieso willst du denn ausgerechnet jetzt mit dem Skaten anfangen?" fragte Thomas.

„Och, einfach so", schwindelte Melvin, „es hat mir schon immer gefallen, ich hatte aber nie die Gelegenheit es auszuprobieren. Als meine Freunde damit angefangen haben, wollten mir meine Eltern keine kaufen. Sie wollten nicht noch Geld dafür ausgeben, dass sich ihr Sohn die Knochen bricht, haben sie gesagt. Das Geld war bei uns schon immer knapp, wenn es darum ging, für mich etwas anzuschaffen. Für die Zigaretten meines Vaters hat es bislang aber noch gereicht."

„Rauchst du eigentlich?" fragte Thommi neugierig.

„Spinnst du? Was Ekligeres gibt es doch gar nicht. Ich hab wirklich viel Mist gemacht bisher, aber für Zigaretten und Drogen geb ich mich nicht her. Ich bleibe Herr meiner Selbst und lass mich nicht von so einem Dreckszeug bestimmen. Der Zigarettengestank erfüllt unsere ganze Wohnung, ich halte es da manchmal gar nicht aus. Wenn mein Vater nach Hause kommt und sich eine Kippe nach der anderen ansteckt, hau ich gleich ab in mein Zimmer. Manchmal steig ich dann aus dem Fenster und mache noch ein bisschen die Gegend unsicher. Das merken meine Eltern gar nicht. Irgendwann klettere ich dann wieder zurück ins Zimmer und hau mich aufs Ohr."

„Cool", sagte Thommi, der überrascht war von Melvins Einstellung und vor allem interessiert an dessen abendlichen Ausflügen. „Und was machst du so, wenn du abhaust?", fragte er neugierig.

„Ich geh zum Treffpunkt. Mit meinen alten Kumpels ziehen wir dann um die Häuser, im Sommer gehen wir manchmal auch spätabends noch ins Schwimmbad. Im Dunkeln klettern wir dann über den Zaun", erzählt Melvin.

„Boah, krass, habt ihr keine Angst, erwischt zu werden?", fragte Thommi beeindruckt von so viel Wagemut.

„Angst? Was ist das?", fragte Melvin angeberisch zurück. „Einmal, da hätten sie uns beinahe erwischt. Der Hausmeister hatte wohl selbst noch Lust auf ein nächtliches Badevergnügen und hat sich mit seiner Freundin und leider auch mit seinem Hund noch im Schwimmbad aufgehalten. Als wir gegen 23 Uhr gerade über die Mauer geklettert waren, raste ein wütend bellender Schäferhund auf uns zu. Anstatt stehen zu bleiben, sind wir alle auseinander gerannt und jeder wollte so schnell wie möglich über die Mauer zurück, seinen Hintern retten. Einer aber, Andi, war nicht schnell genug und den hat der Hund noch an der Wade erwischt, als er schon fast in Sicherheit war. Zum Glück kam der Hausmeister und der Hund ließ los. Wir haben unseren Kumpel unter den Armen gepackt und mitgeschleift, wir sind gerade noch unerkannt entkommen. Es gab natürlich ziemlich viel Ärger, als Andis Mutter auch bei uns anrief, aber was soll´s, damit muss man immer rechnen, wenn man sich so etwas erlaubt."

Von so viel Abgebrühtheit war Thommi schwer beeindruckt. „Und wie läuft es mit deinen Eltern jetzt?", fragte er und hoffte noch mehr spannende Geschichten aus Melvins Familienleben zu erfahren. Im Vergleich zu seinem eigenen Leben erschien ihm der Tagesablauf seines Klassenkameraden wie ein Krimi.

„Es geht im Moment. Seit es bei mir in der Schule besser klappt und keine Lehrer mehr anrufen. Na ja, auf der alten Schule hat am Ende auch kein Lehrer mehr angerufen, aber das lag daran, dass die keine Lust mehr hatten bei uns anzurufen. Anfangs haben sich alle über mich beschwert, es hat eine Zeit gedauert, bis die gemerkt haben, dass sie nicht über mich bestimmen können."

„Und jetzt?", fragte Thommi. „Jetzt ist alles besser. Die Lehrer mäkeln nicht dauernd an mir rum, die Stunden sind meistens interessant und mein Wissen kann ich richtig einbringen. Die merken, dass ich was kann. Früher dachten sie, ich bin zu blöd. Dabei habe ich mich nur gelangweilt. Zwischendurch habe ich selbst schon gedacht, ich bin zu doof für die Schule."

„Echt? Das bist du wirklich nicht, aber ziemlich chaotisch warst du am Anfang schon. Ich hätte nicht gedacht, dass ich dir mal freiwillig was schenke“, lachte Thomas.

„Ja, dein Angebot hat mich, ehrlich gesagt, auch überrascht, aber es hat sich irgendwie einiges für mich geändert in der letzten Zeit.“

„Wie meinst du das?“, wollte Thomas wissen.

„Ich komme einfach mit vielen Leuten besser klar. In der Schule nerven mich manche Regeln zwar immer noch, meistens halte ich mich aber doch daran. Ich bin auch nicht mehr so schnell wütend wie früher …“

„Das kommt bestimmt vom Judo“, unterbricht ihn Thommi, „William war früher ein richtiger Raufbold. Seit er so viel Judo macht, handelt er unglaublich besonnen und hat sich meistens total unter Kontrolle.“

„Na ja, meistens. Aber eben doch nicht immer, wie ich es ja schon erlebt habe. Trotzdem hast du recht, man kann sich beim Kämpfen auf der Matte so was von austoben, das hätte ich nie gedacht. Da kann man abends richtig müde ins Bett fallen und braucht keine Schwimmbadabenteuer mehr.“

Dann machte sich Melvin auf den Weg nach Hause und als er schon auf der Straße war, rief ihm Thommi noch zu: „Besorg dir ein paar Schützer und ´nen Helm!“ Melvin nickte ihm zu und winkte noch, bevor er seines Weges ging. Auf dem Nachhauseweg konnte Melvin nicht umhin, sich die neuen Inliner schon mal anzuziehen und einfach loszufahren. So schwer konnte es nun wirklich nicht sein. Er war ja schließlich als kleiner Junge schon mal mit seinem Vater auf der Schlittschuhbahn, und Thomas hatte gesagt, Inlinerfahren wäre wie Eislaufen. Nur das Bremsen sei anders und als er ans Bremsen denken musste, kam er schon ins Schleudern. „Wie ging das noch schnell?“, fragte er sich.

Und weil der Bürgersteig abschüssig war und Melvin alles andere besser konnte als sich sicher auf dem rollenden Schuhwerk zu halten, raste er – wie er glaubte – geradewegs in sein Unglück. Einige Meter weiter vorne, am Ende der Straße, parkte ein Auto und wenn er es nicht schaffen sollte anzuhalten oder wenigstens um die Kurve zu fahren, würde er direkt in das stehende Auto rasen. Nun, man könnte meinen, es sei besser, in ein stehendes Auto als in ein fahrendes Auto hineinzurasen, dennoch war Melvin klar, das würde jede Menge Probleme bedeuten.

In Sekundenschnelle fasste er also den Entschluss *ich muss es schaffen* und meinte damit, er musste irgendwie um die Ecke kommen, ohne sich die Knochen zu brechen und ohne irgendeinen Schaden anzurichten. Er versuchte, seine Arme zu kontrollieren, sodass sein Gefuchtel die Fahrt nicht noch wilder machte. Den Oberkörper neigte er etwas vor, damit er sein Gleichgewicht nicht mehr nach hinten verlieren konnte und konzentrierte sich nun darauf, ruhiger zu werden und einfach zu fahren. Er hatte keine Ahnung wie er um die Ecke kommen sollte, er hoffte einfach, dass er im richtigen Moment das Richtige tun würde. Außerdem hatte er eine Straßenlaterne gesichtet, an die er sich in jedem Fall festklammern wollte, wenn er merkte, dass er die Kurve nicht bekäme.

Tatsächlich war die Laterne sein Glück. Melvin schaffte es, eine leichte Drehung einzuleiten, aber es hätte nicht gereicht, um die Kurve unbeschadet zu überstehen. Im Vorbeifahren griff er im letzten Moment zu, zog seinen Körper so gut es ging heran und stoppte diese Teufelsfahrt abrupt. Darauf sank er zunächst einmal vor Erleichterung zu Boden.

Als er sich wieder gesammelt hatte, schaute er auf zwei rote Turnschuhe. Jetzt wollte er am liebsten hier unerkannt liegen bleiben, im Erdboden versinken oder besser noch, sich mit einem Fingerschnippen an einen ganz anderen Ort zaubern. Denn, wenn er nun nach oben blickte und diese Turnschuhe würden tatsächlich zu dem Mädchen gehören, an das er ständig dachte, dem er aber in diesem Moment ganz und gar nicht begegnen wollte, was sollte er dann tun? „Hi", sprach ihn eine, ihm bekannte, wohlklingende Stimme an. *Oh Mist*, dachte er und schloss dabei kurz die Augen und atmete tief durch, *das ist scheißpeinlich*.

Dann blickte er endlich nach oben und schaute in ein strahlendes Lächeln, bei dessen Anblick er schon wieder so weiche Knie bekam, dass er beim Aufstehen echte Schwierigkeiten hatte. „Hallo", erwiderte er, „na ja, wie du siehst, übe ich noch", stotterte er mühsam hervor.

„Allerdings“, antwortete die dunkelhaarige Schönheit und half ihm langsam wieder auf die Beine zu kommen. Es war das Mädchen, mit dem er sich neulich beim Inliner-Treff unterhalten hatte. „Ich glaube, du hast ein paar Trainingsstunden nötig“, sagte sie, „scheinst ja einiges verlernt zu haben in den letzten Monaten.“

Melvin wurde knallrot, aber diesmal nicht vor Aufregung oder Wut, sondern aus Verlegenheit. Damals auf dem Ratsplatz hatte er nämlich ein wenig geschwindelt, was seine Fähigkeiten auf den Inlinern angingen. Um mit dem Mädchen in Kontakt zu kommen, hatte er ihr Können bewundert und sich zugleich eine Geschichte ausgedacht, mit der er sie vielleicht beeindrucken könnte.

Er erzählte ihr von riesigen Halfpipes in einer anderen Stadt, in der er vorher gewohnt habe. Und, dass er dort täglich neue Kunststücke ausprobierte und, und, und. Jetzt habe er, seit dem Umzug, noch keine Gelegenheit gehabt zu fahren und sei deshalb etwas aus der Übung. Außerdem seien seine Inliner zu klein geworden und er müsse sich erst neue besorgen. Jetzt, da seine Angebetete vor ihm stand und ihn hilflos auf den Rollen umherwackeln sah, fühlte er sich klitzeklein.

„Mach dir nichts draus, ich hab dir sowieso nichts von deinen Geschichten geglaubt“, sagte sie. Melvin schaute sie traurig an und dachte daran, das Willy doch richtig lag, mit seiner Einschätzung: Die meisten Lügen werden aufgedeckt, deshalb sollte man wenigstens halbwegs die Wahrheit sagen.

„Aber wenn du willst, komm doch übermorgen zu unserem Treffpunkt, dann zeig ich dir, wie man fährt. Und vor allem, wie man rechtzeitig bremst. Bring aber bitte Schützer und Helm mit, ich will deine Knochen hinterher nicht zusammen flicken müssen, bis dann!", rief sie Melvin noch zu, als sie bereits über die Straße ging. Melvin war wie gelähmt.

Er stand da, wie angewurzelt. Hatte er nicht eben die peinlichste Situation seines bisherigen Daseins erlebt und glaubte nun dennoch zu schweben? Er setzte sich vorsichtig an den Bordsteinrand, um die Inliner abzuschnallen und seine Schuhe wieder anzuziehen. *Wahnsinn*, dachte er, *ich war absolut uncool und trotzdem habe ich eine Verabredung*. Mit diesen Gedanken eierte er nach Hause, denn er hatte immer noch weiche Knie – allerdings nicht nur von der rasanten Fahrt.

14. Kapitel

„Mama?!“, rief Melvin, als er hörte, wie sich der Schlüssel in der Eingangstür herumdrehte. Nach seinem vorherigen Erlebnis war er ganz froh, erst einmal alleine in der Wohnung gewesen zu sein. Er musste sich schließlich überlegen, wie er an das Geld für Schützer kommen würde. Ganz abgesehen von dem Helm, der sicher sehr teuer sein würde. Ihm war klar, wenn er nicht wieder klauen oder gar seiner Mutter das Geld aus dem Portemonnaie stehlen wollte, müsste er offen und ehrlich mit seinen Eltern darüber reden. *Nein, nicht mit beiden*, dachte er, *wenn überhaupt, dann mit Mama*.

Seine Ungeduld, sich seine Ausrüstung zu besorgen, beflügelte ihn. Er kam aus dem Zimmer und begrüßte seine Mutter freundlich. „Hi Mum. Schön, dass du da bist.“ Maria Mantino hängte gerade ihre Jacke an die Garderobe, als sie plötzlich stockte und sich ihrem Sohn zuwendete.

Was war das für eine Begrüßung? Sie glaubte sich zu erinnern, von ihrem Sohn so freudig erwartet zu werden, als er vielleicht acht oder neun war. Sie war angenehm überrascht. Ihr feines Gespür für die Stimmungen anderer Menschen hatte ihr bereits in den vergangenen Wochen verraten, dass sich Melvin veränderte. Und zwar zum Guten, wie sie fand. Auch stritten sie nicht mehr so oft wie früher. Im Moment hatte sich die gesamte Familienlage entspannt. Aber so viel

Veränderung machte sie, bei aller Freude, auch etwas misstrauisch. Eigentlich wollte sie fragen: „Was willst du?“ Aber sie besann sich im rechten Augenblick und erwiderte seine angenehme Begrüßung. Sie schaute ihn an, streckte die Hand nach ihm aus und sagte mit einem sanften Lächeln „Hallo Melvin.“

Bei so viel Zuwendung im Hause Mantino trat nun ein beschwerlicher Moment der Stille ein. Schließlich nutzte die Mutter die Gelegenheit, um ihren Sohn in die Küche zu bitten und ihm anzubieten, die von ihr mitgebrachten Brötchen mit ihm zu teilen. „Soll ich dir einen Tee machen“, fragte sie ihren Sohn, während sie für sich selbst das Kaffeewasser aufsetzte.

„Ja, danke“, erwiderte Melvin, der spürte, dass es wohl kaum einen besseren Moment geben würde als jetzt, wenn er seine Mutter um das Geld für seine Ausrüstung bitten wollte. Aber wie sollte er nur damit anfangen? Zu seiner Überraschung begann jedoch seine Mutter mit dem Thema, sie hatte die Inlineskates am Eingang liegen sehen. „Wem gehören denn die Rollschuhe an der Tür?“, fragte sie.

„Das sind meine. Thomas, ein Klassenkamerad hat sie mir geschenkt“, erklärte er und fügte noch schnell ein aufrichtiges „ehrlich“ hinzu. Denn er hatte bemerkt, wie seine Mutter die linke Augenbraue hochzog, wie sie es nur tat, wenn sie nicht sicher war, ob sie glauben sollte, was man ihr erzählt.

„Kannst du denn damit fahren?“, fragte sie.

„Na ja“, antwortete er, „ich würde gerne üben. Aber

ich weiß ja, dass ihr eigentlich dagegen seid. Ich wollte erst mit dir darüber sprechen.“ *Das war gut*, dachte Melvin, *ein cleverer Schachzug. Nicht gleich mit der Tür ins Haus fallen, sondern vorsichtig an das Thema herantasten.*

Ein wenig überrascht, aber eindeutig erfreut, nahm Melvins Mutter diese Worte zur Kenntnis und setzte sich zu ihrem Sohn an den Tisch. Melvin rutschte auf seinem Stuhl hin und her, weil er nicht genau wusste, wie er sein Anliegen am geschicktesten vortragen sollte. In solchen Gesprächen war er nicht sonderlich geübt.

„Und?“, fragte seine Mutter gespannt. Melvin zögerte, aber dann platzte es geradezu aus ihm heraus: „Mama, wenn ich mit den Dingern fahren will, brauche ich Schützer und einen Helm, sonst haue ich mir alle Knochen auf, wenn ich damit stürze. Und glaub mir, man stürzt am Anfang verdammt oft. Ich weiß, das kostet alles viel Geld, aber vielleicht können wir irgendwie günstig …“

Seine Mutter lächelte, während sie ihm zart den Zeigefinger auf seine Lippen legte und ihm mit der anderen Hand sanft seine Wange streichelte. Melvin wollte vor Überraschung fast zurückschrecken, doch er hielt still. Eigentlich hatte er schon lange auf diese Zuwendung seiner Mutter gewartet.

„Schsch…“, sie bedeutete ihm leise zu sein, „Melli ich bin so stolz auf dich. Ich habe schon bemerkt, dass du dich verändert hast. Vieles ist besser geworden, die

Schule, deine Freunde … und wir, deine Familie … na du weißt schon."

Im Grunde wusste Melvin nur so halb, worüber seine Mutter redete, aber sie hatte ihn Melli genannt und das war sein Kosename aus frühen Kindertagen.

Viele Veränderungen der vergangenen Monate waren Melvin nicht bewusst, wenngleich er spürte, dass eine Menge Leute öfter freundlich und nett zu ihm waren als sonst. Manchmal stutzte er sogar noch darüber, denn er hatte sich noch nicht daran gewöhnt, unvoreingenommen behandelt zu werden. Und jetzt saß er hier mit seiner Mutter und sie nannte ihn „Melli". Allein das Gefühl der Geborgenheit, das dieser Name bei ihm auslöste, trieb ihm die Tränen in die Augen.

Frau Mantino stand auf und holte sich ihren frischen Kaffee und bereitete Melvin den versprochenen Tee zu. Diese Gelegenheit nutzte ihr Sohn, um sich wieder zu sammeln. Dann holte sie ihre Geldbörse und öffnete den verdeckten Reißverschluss zu ihrem Geheimversteck. Natürlich war das kleine Fach schon seit Jahren kein echtes Geheimversteck mehr, sein Mythos wurde jedoch bewahrt. Sie zog ein kleines Bündel von zehn Euro Scheinen heraus. Es waren gut und gern hundert Euro. So viel Geld hatte Melvin schon lange nicht mehr in den Händen seiner Mutter gesehen. Sie zählte fünfzig Euro für Melvin ab und schob sie zu ihm hinüber. „Ich habe in den letzten Wochen immer ´mal einen Zehner zur Seite gelegt.

Für dich, Melvin. Ich hoffe es reicht, wenn nicht, komm bitte zu mir – ich vertraue dir."

Es war klar, was sie damit meinte. Er solle das Geld, das er vielleicht zusätzlich brauchte, nicht einfach nehmen. Ihr Entgegenkommen war also auch ein Test für Melvin. Er hatte das Geld gesehen, er wusste, wo es war und er wusste, dass seine Mutter es für ihn gespart hatte und er spürte wie es ihm schon jetzt in den Fingern juckte – leider. Aber er nahm sich vor, sich zu beherrschen.

15. Kapitel

Während sich Melvin glücklich schätzte, mit seinen fünfzig Euro nun einkaufen gehen zu dürfen, hatte William eine ganz andere Art der Begegnung. Eine, mit der er an diesem Tag und in dieser Situation niemals gerechnet hätte. Er machte sich auf den Weg zu Sandra. Sie hatten wegen der anstehenden SV-Sitzung einiges zu besprechen und trafen sich bei ihr Zuhause. Es war schon später Nachmittag, und Willy machte einen kleinen Umweg über seinen Lieblingsplatz. Natürlich wollte er schauen, ob seine heimliche Liebe dort war. Sein Blick wanderte in alle Richtungen, in der Hoffnung sie zu entdecken, seine dunkelhaarige Schönheit mit den klaren Augen, aber – nichts.

Er lief sogar einmal um den ganzen Platz herum. Denn wenn sie hinter dem Brunnen auf den Steinen säße, konnte er sie von seiner Position aus nicht sehen. Sein Suchen blieb jedoch erfolglos und so setzte er, leicht geknickt, seinen Weg fort. Unterwegs traf er Melvin, der ihm schon aus der Ferne freudig zuwinkte. Sofort erzählte er ihm von seiner Mutter und dem Geld und wollte Willy sogleich überreden, ihn bei seinem Einkauf zu begleiten. „Nein, das geht nicht. Wir haben morgen Schülerversammlung, ich muss mit Sandra noch was vorbereiten."

„Oh, da will ich dich aber auf gar keinen Fall aufhalten", erwiderte Melvin lächelnd und augenzwinkernd. „Ja, ja, …", sagte Willy, hob die Hand zum Gruß und ging weiter. Willy machte sich nichts aus Melvins zweideutiger Geste, *was weiß der schon*, murmelte er in sich hinein.

Endlich bei Sandra angekommen, klingelte er. Natürlich bellte Schnuffi wieder einmal laut los, zum Glück würde er gleich damit aufhören. Schließlich kannte der Schäferhund Willy so gut, dass er sich über dessen Ankunft nach dem Öffnen der Tür nur noch freute und das laute Bellen einstellte. Immer, wenn William Sandras Hund sah, fragte er sich, wie man einem Schäferhund nur einen solchen Namen geben könne. Schließlich sei er doch kein Schoßhund, erklärte er Sandra immer wieder. Aber kein Argument bewog sie, ihren Hund umzubenennen, sodass William beim Namen des Hundes wenigstens das „i" wegließ und nur noch Schnuff sagte. Dieser schien es ihm zu danken. Er reagierte immer auf den Namen, wenn Willy ihn rief, und legte sich ihm gerne zu Füßen. Sandra öffnete und sagte gleich: „Du bist spät dran, meine nächste Verabredung ist schon da. Was war denn los?"

„Ach, Melvin hat mich aufgehalten", erklärte er wahrheitsgetreu. Dass er sich aber aus einem ganz anderen Grund verspätete, verschwieg er. „Sorry, ich wusste nicht, dass du noch verabredet bist. Aber wir brauchen bestimmt nicht lange."

„Schon gut", verzieh Sandra ihm großherzig, „Lea ist ohnehin etwas zu früh gewesen." Sandra ging vorneweg in ihr Zimmer und stellte ihre Gäste einander vor.

„Willy, das ist meine Freundin Lea, Lea, das ist …“, plötzlich stockte sie.

Lea war von ihrem Platz aufgesprungen und stand stocksteif vor Überraschung im Raum. Ihr Kopf glühte. Willy wurde es heiß und kalt zugleich, vor lauter Hektik bildeten sich in seinem Gesicht und am Hals rote Flecken. Er brachte kein Wort heraus und blieb genauso starr stehen, wie das Mädchen, dessen Namen er nun endlich kannte. Ein äußerst peinlicher Moment der Stille entstand.

Sandra zog nur die Augenbrauen hoch und schaute die beiden nacheinander an. *Aha*, überlegte sie in Bruchteilen von Sekunden, *so sieht also Liebe auf den ersten Blick aus, oder können die sich nicht leiden und gehen gleich aufeinander los?* Sie fasste sich als Erste und fragte: „Kennt ihr euch?“

Endlich fingen die beiden an zu lächeln. *Okay, ein Lächeln heißt Gutes, also sind sie wohl eher ineinander verliebt*, folgerte Sandra. „Na ja, nicht direkt“, antwortete William, als er jedoch bemerkte, wie sich Leas Miene verdunkelte warf er blitzschnell korrigierend ein: „Also die Namen … wir, wir kannten noch nicht unsere Namen“, stotterte Willy hinterher.

„Du kanntest noch nicht deinen Namen? Also Willy …“, scherzte Sandra, die es liebte mit Worten zu spielen und andere auf ihre fehlerhafte Deutschgrammatik hinzuweisen.

Lea lächelte wieder, „Mensch Sandra, es ist doch klar was er meint. Wir kannten noch nicht den Namen des anderen. Aber wir haben uns am Inliner-Treff kennengelernt."

Jetzt, da alle wieder gefasst waren, ging Lea einen Schritt auf William zu und streckte ihm die Hand entgegen. „Hallo Willy", sagte sie.

„Hallo Lea", erwiderte er, ergriff ihre Hand und spürte ihre warme, weiche Haut. Es fühlte sich an, als ob sein Blut in der Hand zu kochen begänne. Sie sahen sich in die Augen und William glaubte, gleich an der Decke zu schweben.

„Ihr könnt jetzt wieder loslassen", weckte Sandra die beiden aus ihren Träumen. „William, können wir jetzt unsere Absprachen für die SV-Sitzung treffen oder soll ich euch beide lieber alleine lassen?"

„Äh, nein ist schon klar", versuchte William sich zu sammeln, „hier, ich habe das Meiste bereits vorbereitet und aufgeschrieben. Lies es dir durch, ob du einverstanden bist oder noch etwas ergänzen möchtest."

Während Sandra mittlerweile etwas genervt von der ganzen Situation in den Text vertieft war, herrschte zwischen Lea und Willy einvernehmliche Stille. Ihre Blicke schweiften durch das Zimmer, während sie sich immer wieder „rein zufällig" trafen und für einige Sekunden aneinander hafteten.

Nachdem Sandra Williams Vorschläge überflogen hatte, sagte sie: „Ich bin ganz deiner Meinung, so machen wir das morgen." Dabei riss sie das neue Liebespaar aus seiner Zweisamkeit.

„Okay, dann mache ich mich wohl mal auf die Socken“, sagte Willy, machte aber keinerlei Anstalten sich tatsächlich zu bewegen.

„Ja“, sagte Sandra auffordernd, „mach das mal, wir wollen noch ins Kino.“

„Oh, wie schön. Ich muss dann jetzt mal gehen“, sagte Willy nochmals, blieb aber sitzen. Lea sagte gar nichts.

„Jaha Willy, wir sehen uns morgen“, nun legte Sandra selber Hand an und half ihrem Freund auf die Beine.

„Also dann, tschüss“, meinte er, langsam vorwärts trottend.

Gerade war er von Sandra durch die Zimmertür geschoben worden, da meldete sich Lea. „Sandra, ich glaube, ich komme doch nicht mit. Mir ist gar nicht gut, so flau fühle ich mich. Ich gehe wohl besser nach Hause“, sagte sie. Schon stand sie auf, folgte William – dessen Augen plötzlich strahlten – zur Eingangstür und verabschiedete sich von ihrer seufzenden Freundin mit einem Küsschen auf die rechte und die linke Wange. Beim zweiten Kuss verharrte sie einen Moment und flüsterte Sandra ins Ohr: „Das verstehst du doch, oder?“ Sandra verdrehte nur die Augen, nickte mitleidig und verabschiedete die beiden. „Mann, bin ich froh, dass ich mit Jungs noch nichts am Hut hab“, murmelte sie zu sich selbst.

Willy und Lea machten sich unterdessen auf den Heimweg. Zwar hatten sie nur zur Hälfte dieselbe Strecke zu bewältigen, doch das schreckte William nicht, er wollte sie nach Hause begleiten. Diesmal aber redeten die beiden nicht so viel miteinander wie neulich beim

Inliner-Treff. Heute übten sie sich vielmehr im Schweigen. Beiden schienen angesichts der völlig unerwarteten Situation zu schüchtern zu sein, um ein Gespräch zu beginnen. Aber da – plötzlich – nachdem sie fast die ganze Zeit über Seite an Seite liefen, berührten sich wie zufällig ihre Hände. Da schien es ganz natürlich, einfach sanft zu zu greifen. Es war eine stille Übereinkunft der beiden, die bis zu Leas Wohnhaus diesen überraschenden Moment genossen. Sie tauschten ihre Telefonnummern aus und versprachen sich gegenseitig anzurufen. William wartete bis Lea in der Eingangstür verschwand, dann drehte er sich um und rannte nach Hause.

16. Kapitel

Am nächsten Tag in der Schule war William die Veränderung natürlich anzumerken. Er begrüßte Melvin so locker und entspannt wie lange nicht mehr. In den letzten Wochen waren seine wichtigsten Themen die bevorstehende, aber immerhin letzte Mathearbeit dieses Halbjahres und die deutsche Meisterschaft in 14 Tagen. Heute strahlte er über das ganze Gesicht und begrüßte seinen Freund so überschwänglich, wie dieser es kaum von Willy gewohnt war. „Was ist denn mit dir los? Bist du verliebt oder was?", fragte Melvin ohne auch nur den Hauch einer Ahnung zu haben, in welches Wespennest er mit dieser lapidaren Bemerkung gestochen hatte.

William war völlig verblüfft und fragte sofort: "Hat Sandra was erzählt?".

Melvin lächelte süffisant und antwortete: „Es kann doch nicht wahr sein. Ich hab doch gleich gewusst, dass zwischen euch was läuft. Herzlichen Glückwunsch mein Lieber. Na, wie ist sie denn so, kann sie küssen?"

„Was? Du Idiot. Und ich dachte du hast dich geändert", sagte Willy beleidigt und drehte Melvin verärgert den Rücken zu. Noch größeren Unmut verspürte er jedoch über Sandras Verhalten. *Wie kommt sie dazu von gestern zu erzählen,* dachte er. Melvin konnte es nicht sehen, aber Williams Augen funkelten vor Wut, als würden sie gleich Feuerschwaden ausstoßen. Melvin hingegen tat sein Auftreten umgehend leid. Er hatte sich aus den Gefühlen seines Freundes einen Spaß gemacht. Auch wenn er ihn für ein wenig überempfindlich hielt, gerade William wollte er nicht enttäuschen.

„Hey Willy, warte!", rief er, „entschuldige! Warte! Sie hat nichts gesagt, gar nichts – ich hab nur geraten!"

Jetzt blieb William stehen. „Oh shit", flüsterte er leise. Nachdem er sich aber nun selbst verraten hatte, musste er Melvin alles erzählen. Schließlich wollte er nicht, dass jemand glaubte, Sandra und er seien ein Liebespaar. „Also gut, in der Pause erzähl ich es dir, aber mit Sandra hat es gar nichts zu tun. Also rede keinen Quatsch", ermahnte William seinen Kumpel. Melvin nickte und versprach absolutes Stillschweigen.

Um alles zu erzählen, was sich bisher zugetragen hatte, hätte die Pause ohnehin nicht ausgereicht, deshalb wollte er sich auf das Wesentliche der Geschichte beschränken. Allerdings fiel ihm das sichtlich schwer, denn das Thema begeisterte ihn so, dass er zwischenzeitlich vergaß, einen vermeintlichen Rivalen in dieser Liebesangelegenheit vor sich zu haben. „Also, ich hab sie beim Inliner-Treff kennengelernt. Sie ist der absolute Wahnsinn. Sie hat ein Lächeln, das haut dich um. Und ihre Augen sind so glasklar und leuchtend grün, das ist nicht zu fassen. Dann fährt sie auf ihren Rollen – wirklich unglaublich – so sicher wie ein Profi. So ein Mädchen hast du noch nicht gesehen, sag ich dir."

In seiner Begeisterung bemerkte William zunächst nicht, wie Melvin immer stiller wurde. Den Schilderungen seines Freundes folgend entdeckte er immer mehr Parallelen zu dem Mädchen, das er doch auch gerade erst kennengelernt hatte. „Wie heißt sie denn?“, fragte Melvin. Schließlich hatte er ja heute Nachmittag eine Verabredung mit einer Könnerin auf dem Gebiet des Inlineskating.

„Ach, du kennst sie nicht“, wiegelte Willy ab, dem klar war, dass Melvin Lea sehr wohl schon gesehen hatte und ebenso begeistert von ihr war. Sie stand schließlich neulich vor der Judohalle und hatte den beiden beim Training zugesehen.

„Na und, ist doch egal. Sag schon, wie heißt sie?“ In diesem Moment ertönte der Gong und da beide unterschiedliche Sportkurse gewählt hatten, nutzte William die Gelegenheit, Melvin auf später zu vertrösten. „Ich muss jetzt in die andere Richtung zum Tischtennis. Ich sag´s dir später!“, rief er Melvin im Laufen zu. Dieser blieb unzufrieden und ein bisschen misstrauisch auf dem Pausenhof zurück, bevor er in die andere Turnhalle zum Badminton ging.

Bis zum Nachmittag waren Melvins Gedanken jedoch verflogen, denn er war derjenige, der verabredet war und nicht Willy. Also schob er jegliche Negativgedanken bei Seite und bereitete sich auf seinen Auftritt am Inliner-Treff vor. Zum Glück hatte das Geld für seine Schutzausrüstung gereicht. Er hatte sogar noch etwas Geld übrig und wollte seine baldige Freundin, so plante er es zumindest, heute zu einem Milchshake einladen. Melvin war froh, dass der gestrige Ausflug ins Sportgeschäft so glimpflich für ihn ausgegangen war. Der Verkäufer hatte Melvin nämlich wiedererkannt. Damals, als der Diebstahl aufflog, war seine Festnahme nicht zu übersehen gewesen.

Der Mann arbeitete damals im benachbarten Sportgeschäft und hatte sich Melvins Gesicht wohl gut gemerkt. Gestern hatte ihn zum ersten Mal seine kriminelle Vergangenheit eingeholt. Nachdem er das Geschäft betreten hatte und dieser Mitarbeiter seine freundliche Miene schlagartig in eine fiese Grimasse verwandelte. Als der Verkäufer Melvin hinauswerfen wollte, kam ihm zum Glück seine Gegenwart zu Hilfe. Just im selben Moment, in dem er Melvin schon am Kragen gepackt hatte, kam Daniel – der Judotrainer – in den Laden.

„Hey, was ist denn hier los?", fragte er überrascht und verärgert zugleich. „Herr Reis, diesen Kerl kenne ich. Das ist ein Dieb, der hat früher schon im Elektrogeschäft was mitgehen lassen. Solche Kunden brauchen wir nicht." Daniel Reis war der Inhaber des Sportgeschäfts und wies seinen Mitarbeiter an, den Jungen erst einmal loszulassen. „Herr Unmut, ich kenne den jungen Mann, ich bin sicher, er hat sich bei uns nichts zu Schulden kommen lassen."

„Nein, das nicht, aber …", stammelte der Verkäufer.

„Also dann, verzichten sie auf solche Vorgehensweisen", sagte Daniel. Dann wandte er sich Melvin zu und ließ sich die ganze Geschichte noch einmal erzählen.

„Da hast du ja schon einiges hinter dir, das denkt man gar nicht von dir, wenn man dich nur aus dem Training kennt", sagte Daniel.

Melvin schaute verlegen zu Boden. „Mach dir nichts daraus, jeder hat eine Vergangenheit und Lebensphasen, auf die er nicht so gerne zurückblickt. Du hast einen neuen Anfang gemacht und ich glaube wir haben dir in unserer Judotruppe da eine ganze Menge mit auf den Weg gegeben. In Sachen Ehrlichkeit, Rücksichtnahme, Hilfsbereitschaft hast du große Fortschritte gemacht", lobte er seinen Judoschüler. „Aber jetzt zum Geschäft, was kann ich für dich tun?" So kam Melvin am Ende doch noch zu seiner Ausrüstung und einem kleinen Preisnachlass.

Und heute Nachmittag würde er mit seinen neu erlernten Fähigkeiten glänzen – so glaubte er zumindest. Beim Inliner-Treff angekommen, setzte er sich zunächst einmal in den Schatten auf die Bank unter der großen Buche und wartete. Okay, sie hatten keine Uhrzeit miteinander vereinbart, aber beim letzten Mal war es in etwa vier Uhr gewesen. Geschlagene zwanzig Minuten wartete er nun bereits. Langsam wurde er ungeduldig und kam sich auch ziemlich blöd vor, mit seinen Inlinern und den Schützern unter dem Baum zu sitzen, während alle anderen fuhren wie die Weltmeister. So lange hatte Melvin noch nicht auf ein Mädchen gewartet. Na ja, eigentlich hatte er überhaupt noch nie auf ein Mädchen gewartet. Und umgekehrt war ihm das bisher auch noch nie passiert.

Plötzlich tauchte sie hinter dem Brunnen auf, schaute sich um und erblickte Melvin. Auch er hatte sie inzwischen gesehen, und weil er glaubte, sein Herz würde ihm in die Hose rutschen, wenn er aufstünde, blieb er lieber sitzen. Seinen Herzschlag spürte er aber merkwürdigerweise direkt an der Halsschlagader. Jetzt wusste er gar nicht mehr, ob er lieber aufstehen oder sitzen bleiben sollte. Sicherheitshalber rührte er sich gar nicht. Seine Angebetete erleichterte ihm diese Entscheidung, in dem sie schwungvoll auf ihn zugerollt kam und anscheinend nicht solche problematischen Gedanken hatte.

„Was ist? Bist du hier angewachsen?", fragte sie frech, „wie lange bist du hier, ich habe auf der anderen Seite des Brunnens gewartet." *Na toll*, dachte Melvin, *jetzt habe ich hier rumgesessen und die Zeit vergeudet.*

„Och ich bin gerade erst gekommen, ich konnte nicht eher von zu Hause weg", antwortete er.

„So? Du schwindelst ja schon wieder. Meine Freundin hat dich vor zehn Minuten hier schon sitzen sehen. Wenn ich dir helfen soll, dann lass so etwas gefälligst", verlangte sie forsch von ihm. Melvin errötete und entschuldigte sich kleinlaut. Diesmal, nahm er sich vor, solle es seine letzte „Notlüge" gewesen sein. Denn von diesen peinlichen Situationen hatte er nun wirklich genug.

„Na denn, zieh deine Schützer fest und dann legen wir los", sagte sie.

Während Melvin sich vorbereitete, fragte er: „Können wir zum Üben vielleicht nicht woanders hingehen, es ist so voll hier."

„Ach komm schon, wir können hier super üben. Niemand lacht dich aus. Wir waren alle mal Anfänger. Trau dich einfach", beruhigte ihn die Hübsche.

„Ja, aber die meisten waren jünger und vor allem kleiner, als sie angefangen haben zu üben. Wenn 1,83 Meter der Länge nach hinfallen, ist das ziemlich auffällig", gab Melvin zu Bedenken.

„Willst du jetzt kneifen oder was? Du schaffst das schon", munterte sie ihn auf. Dann wechselte sie das Thema: „Wie heißt du eigentlich?"

„Melvin, und du?", fragte er.

„Das bleibt mein Geheimnis, bis du gelernt hast auf den Rollen deine erste Pirouette zu drehen. Ich hoffe das reicht als Ansporn aus."

Ganz schön frech ist sie, überlegte Melvin, *aber das passt zu mir. Ich werde dir schon zeigen, wie schnell ich deinen Namen herausfinde.*

17. Kapitel

William war an diesem Nachmittag unterwegs zum Sportgeschäft seines Trainers, um sich dort mit neuen Badeschuhen und einer neuen Trinkflasche zu versorgen. Eigentlich hätte er sich heute lieber mit Lea verabredet, aber sie hatte keine Zeit, und da er keine Lust hatte, sich mit jemand anderem zu treffen, musste er bis zum Training heute Abend die Zeit totschlagen.

Also schlenderte er gemütlich in Richtung Innenstadt und holte sich, wie so oft in der letzten Zeit, ein Eis am Ratsplatz. Während er genüsslich an seiner Himbeereiskugel schleckte, dachte er darüber nach, wie gut es ihm jetzt doch ging. Wie schön es war, verliebt zu sein und auch, wie sehr sich die Freundschaft zwischen ihm und Melvin gefestigt hatte. Freilich konnte er die vertraute Verbindung zu Thomas nicht ersetzen, aber es hatte sich zwischen ihnen mehr als nur eine Zweckgemeinschaft gebildet. William glaubte in Melvin einen zuverlässigen Kameraden gefunden zu haben.

Doch plötzlich wurden seine Gedanken unterbrochen. „Nein", flüsterte er vor sich hin, „das kann nicht sein." Vor Schreck versäumte er es, weiter an seinem Eis zu lecken, das inzwischen in der Herbstsonne schmolz und ihm bereits über die Finger lief. Das aber schien William nicht zu bemerken.

Zu gefangen war er von dem Schauspiel, das sich in einiger Entfernung vor seinen Augen ereignete. Mit halboffenem Mund und ziemlich angespannt wurde er Zeuge, wie sich sein Freund Melvin mit Willys Freundin Lea anscheinend köstlich amüsierte. Melvin lief auf den Inlinern Hand in Hand mit Lea vor dem Brunnen hin und her.

Die beiden waren so miteinander beschäftigt, dass sie von Willy nicht das Geringste bemerkten. Dabei hätten sie nur einmal herüber schauen müssen in Richtung Eisdiele, aber dafür hatten sie keine Zeit. Melvin hielt Leas Hand krampfhaft fest. Dabei konnte man sehen, dass er zumindest das Geradeausfahren schon gelernt hatte. Es wäre überhaupt kein Problem gewesen loszulassen. *Schauspieler*, dachte sich William missmutig. *Deshalb hat Lea also keine Zeit für mich.* William kochte vor Wut. Am liebsten hätte er sein Eis weggeworfen, wäre losgerannt und Melvin direkt an die Gurgel gesprungen, um ihn im Brunnen zu tunken. William kämpfte innerlich mit sich. Er konnte sehen, wie sich die zwei miteinander ausgelassen vergnügten.

Lea gab sich offenbar die größte Mühe, sich zu beherrschen und nicht laut loszulachen, wenn Melvin versuchte zu bremsen. Mit seiner Bremstechnik sah es eher so aus, als würde sich Melvin auf ein imaginäres Klosett setzen, als gekonnt die Geschwindigkeit zu reduzieren. William war jedoch nicht in der Lage, sich an dieser Szene zu erfreuen. Er rang um Selbstbeherrschung, ballte die Fäuste und schloss die Augen, um sich zu sammeln. Dabei zerquetschte er sein Eis vollends und es fiel in einer Mischung aus Himbeermatsch und zerbröselter Waffel zu Boden. William atmete tief durch und versuchte sich dabei mit den Worten: *In der Ruhe liegt die Kraft, beruhige dich Willy,* erst einmal zu entspannen. Wirklich gelingen wollte es ihm nicht.

Mit Tränen in den Augen machte er auf dem Absatz kehrt und rannte nach Hause. Dort kam er völlig verschwitzt und aufgelöst an, verschwand sofort Tür knallend in seinem Zimmer und fluchte lautstark vor sich hin. Emma und ihre Mutter saßen in der Küche und starrten sich gegenseitig überrascht an. Emma tippte sich sogleich an die Stirn, verdrehte die Augen und schüttelte verständnislos den Kopf. „Männer", sagte sie nur.

Angelika Redner machte es sich nicht so leicht wie Emma und stand auf, um nach ihrem Sohn zu sehen. Vorsichtig klopfte sie gegen die Tür. „Haut ab! Haut alle ab! Ich will niemanden sehen!", rief Willy.

Überrascht von dem Ton, den ihr Sohn angeschlagen hatte, wollte seine Mutter sich erst zurückziehen, überwand sich jedoch und klopfte nochmals und fragte, ob sie eintreten dürfe. Nun vernahm sie nur noch ein Schluchzen und wertete dies als Einverständnis. Sie setzte sich auf den Bettrand zu Willy, der auf dem Bauch liegend sein Gesicht in das Kissen vergraben hatte und völlig unverständlich etwas vor sich hin schimpfte.

„Was sagst du? Ich verstehe kein Wort. Willy, was ist denn los?", fragte seine Mutter behutsam.

„Ich hasse Mädchen", platzte es aus ihm heraus. Bisher hatte er nur ganz vage von Lea erzählt, nachdem er einige Male mit ihr telefoniert hatte und sie ihn schon einmal abgeholt hatte, konnte seine Mutter sich vorstellen, worum es in etwa ging. Dennoch benötigte sie noch ein paar Einzelheiten, um ihrem Sohn zu helfen. Erst als Willy ihr alles erzählt hatte und sich über dieses „falsche Luder" wie er Lea nannte ausgelassen hatte, gebot sie ihm endlich Einhalt.

„Willy, meinst du wirklich, dass das alles so schlimm ist?" Willy schaute sie mit großen fragenden Augen an.

Was sollte das denn jetzt, dachte er, *ich schütte hier meiner Mutter mein Herz aus und nun ist sie nicht auf meiner Seite?*

Frau Redner bemerkte Williams Reaktion natürlich, deshalb sprach sie schnell weiter: „Überlege doch mal genau, was passiert ist. Du hast deine Freundin gesehen, wie sie einem anderen Jungen das Inlinerfahren beigebracht hat. Na und? Du wusstest, dass sie heute keine Zeit hat. Vielleicht hat sie dir nicht erzählt, was sie macht, aber sie hat dich auch nicht belogen. Und du hast wahrscheinlich auch gar nicht gefragt, oder?"

Willy schüttelte den Kopf. „Nein, das habe ich nicht."

„Haben sie sich denn geküsst oder besonders intensiv umarmt?"

„Nein", brummte Willy, „aber sie sahen so glücklich aus."

„Ja Willy, ich sehe auch glücklich aus, wenn ich mit Robert über das Parkett schwebe. Deshalb bin ich nicht in ihn verliebt. Er ist nur mein Tanzpartner, es ist der

Tanz, die Musik und die Art der Bewegung die ich liebe", erklärte ihm seine Mutter.

Sie war leidenschaftliche Tänzerin und da ihr Mann sie manchmal wegen beruflicher Termine nicht zum Tanzclub begleiten konnte, rief sie hin und wieder Robert an. Ein Freund der Familie und in ihren Augen ein begnadeter Tänzer.

„Und Lea fährt nun mal gerne Inliner und sicher gibt es lustige Momente, wenn man einem Jungen wie Melvin diese Sportart beibringen will. Am besten sprichst du mit Lea ganz offen über alles."

Willy beruhigte sich langsam. Vielleicht war etwas Wahres dran, an dem was seine Mutter sagte. *Aber auf der anderen Seite sagte Lea doch, sie kenne Melvin nicht. Aber vielleicht kennt sie ihn doch und hat ihn beim Training damals aus der Entfernung nur nicht erkannt. Aber warum und vor allem woher sollte sie einen Jungen wie Mel kennen?*, fragte sich Willy.

Er wusste nicht mehr, was er denken sollte. „Jetzt überlege nicht mehr so viel. Denke daran, du hast gleich Training und du hast noch ein wichtiges sportliches Ziel vor Augen. Lass dich nicht von der Geschichte aus dem Konzept bringen, es gibt bestimmt eine Erklärung", tröstete ihn seine Mutter und strich ihm sanft durchs Haar.

Nach einem Seufzer sammelte Willy sich und sagte: „Na gut, vielleicht hast du recht, Mama. „Ich pack mal meine Tasche." Und damit begab sich William – wie immer – auf die Suche nach seinen Sachen. Kaum hatte er alles gefunden, klingelte schon Melvin an der Tür, der ihn zum Training abholte. Als William die Treppen hinunter zur Tür ging, hörte er gerade noch das Telefon klingeln. Emma nahm den Hörer ab und er hörte sie sagen: „Der ist schon zum Judo gegangen, tschüss", und legte wieder auf. Es war Lea, die angerufen hatte, er spürte es. Im selben Moment öffnete er die Eingangstür und schaute in Melvins Augen, die ihn anstrahlten und vor Glück nur so protzten.

Angesichts der guten Stimmung seines Freundes verdunkelte sich Williams Miene erneut, doch Melvin nahm davon kaum Notiz. Man könnte sagen er war blind vor Liebe. „Hi Mel", begrüßte William ihn zähneknirschend. „Hey Willy, was ist los, freust du dich nicht aufs Training? Demnächst ist dein Turnier, das dir vielleicht den Weg in den Jugendkader ebnet", freute sich Mel für seinen Freund. Allerdings erwartete er eigentlich keine Antwort, denn er war viel zu sehr mit sich beschäftigt und den guten Nachrichten, die er nun endlich einmal loswerden wollte.

Den ganzen langen Weg zum Training kaute er seinem Freund geradezu die Ohren ab, von diesem tollen Nachmittag und seinen Fortschritten im Inlinerfahren, von diesem einzigartigen Mädchen mit ihrer kecken Art. Die ganze Zeit über schwieg William, ließ höchstens mal ein knurriges „hmm" vernehmen. Melvin war so in Fahrt, dass er gar nicht bemerkte, dass sein Judokumpel ihm kaum anwortete und sich von Melvins guter Laune auch nicht gerade anstecken ließ.

Aber als Melvin von Leas angeblich frechem Auftreten erzählte, wurde Willy hellhörig und fragte: „Wie heißt sie eigentlich?"

„Keine Ahnung", erwiderte Mel. „Wie, du verbringst den ganzen Nachmittag mit einem Mädchen und weißt nicht wie sie heißt? Willst du mich veräppeln?", fragte William schon fast beleidigt.

„Nein ehrlich, sie verrät mir ihren Namen erst, wenn ich die erste Pirouette drehen kann. Ist das nicht raffiniert? Das gefällt mir", schon wieder grinste Melvin wie ein Honigkuchenpferd, fügte aber dann hinzu, „leider hat es heute noch nicht geklappt."

Willy zog stirnrunzelnd die Augenbrauen hoch und dachte *irgendetwas stimmt da nicht.* Schließlich sagte er: „Na komm, dann lass uns mal unsere Pirouetten auf der Matte drehen, damit das bei mir in zwei Wochen was wird." Und das taten sie auch. Willy schaffte es im Training, seine Sinne auf das Wesentliche – nämlich auf Judo – zu konzentrieren und Melvin unterstützte ihn vorbildhaft. Abseits der Judomatte kam William allerdings heftig ins Schleudern.

18. Kapitel

William vermied es, mit Melvin über das „Mädchenproblem", wie er es nannte, zu reden. Immer, wenn Melvin begann, von seiner Angebeteten zu schwärmen, lenkte William ab. Lea direkt zu fragen, in welcher Verbindung sie mit Mel stünde, traute er sich auch nicht. Außerdem lief es zwischen ihm und Lea derzeit bestens. Sie telefonierten täglich und meist konnten sie es beide einrichten, sich wenigstens kurz zu sehen. Die Schule und die Vorbereitungen für das Turnier nahmen viel Zeit in Anspruch, Leas Gegenwart brachte Willy indes auf andere Gedanken und nahm ihm die Anspannung in den letzten Tagen vor seiner Bewährungsprobe.

Als sie sich donnerstags bei ihm trafen, stellte er ihr dann eine Frage, die ihn schon seit längerem beschäftigte: „Lea, du weißt ja, dass ich nächste Woche in Bonn diese Meisterschaft habe. Hättest du Lust hinzukommen und mich anzufeuern? Ich würde mich freuen."

Lea schaute ihn mit glänzenden Augen an und antwortete: „Bist du sicher, dass du mich dabei haben willst? Würde ich nicht eher stören? Ich meine, wenn ich nicht mal beim Training zuschauen darf …"

Tja, das hatte William ganz vergessen. Wegen der Geschichte mit Melvin hatte er sie unter dem Vorwand, dass er sich nicht konzentrieren könne, wenn sie im Publikum säße, gebeten, nicht zum Training zu kommen. Als er ihr das damals verkündete, schien sie enttäuscht zu sein und er hatte das Gefühl, in seine erste Beziehungskrise zu stapfen. Allerdings nahm Lea seine Bitte damals ernst und war nie zum Training erschienen. Jetzt hatte er den Eindruck, damit einen Fehler gemacht zu haben.

Er schwieg. Aber da auch Lea diese neue Chance, ihrem Freund nahe zu sein, nicht verpassen wollte, sagte sie schnell: „Aber ein Wettkampf ist wohl etwas anderes und du sagst ja, du würdest dich freuen, wenn ich komme. Dann mache ich dir eben die Freude. Und weißt du was? Ich bringe meine Schwester mit, dann muss ich nicht alleine im Zug fahren.“ Schon wieder hatte Willy einen Grund, dumm aus der Wäsche zu schauen, denn von einer Schwester hatte er in den Wochen, seit er mit Lea befreundet war, noch nichts gehört.

„Was schaust du so überrascht? Habe ich dir nie von ihr erzählt? Sie ist immer viel unterwegs, deshalb trifft man sie zu Hause meistens nur morgens oder abends an. So wie du mir deinen Judokumpel beschrieben hast, würde sie gut zu ihm passen. Wie heißt er noch, Melvin?“

„Du hast eine Schwester? Wieso hast du nie von ihr erzählt?“, fragte er fast beleidigt.

„Ach, sie ist oft ganz schön nervig, geradezu unerträglich und sie zieht die Aufmerksamkeit gerne auf sich. Da muss man nicht noch dauernd von ihr reden“, erklärte Lea und setzte das geheimnisvollste Grinsen auf, das sie zu bieten hatte.

Schließlich verabschiedete sie sich mit einem liebevollen Kuss. Im selben Moment betrat Emma das Zimmer – ohne anzuklopfen. Vorlaut, wie sie nun einmal war, pfiff sie leise durch die Zähne und hielt Willy die blaue Judohose[11] hin, die er für seinen Wettkampf noch brauchte und die er schon verzweifelt gesucht hatte. Obwohl er es ein wenig merkwürdig fand, dass Lea ihm ihre Schwester verschwiegen hatte, in diesem Moment hatte er auch wieder Verständnis dafür. Wer redet schon gerne über ein dauerhaftes Ärgernis? Er packte die Hose, riss sie seiner kleinen Schwester aus der Hand und schob Emma aus dem Zimmer. Wütend darüber, dass ihr Bruder nicht einmal „danke" sagte, rief sie ihrer Mutter zu: „Mama, Willy und Lea haben sich geküsst!" Willys Mutter reagierte natürlich nicht, dennoch war es Willy peinlich, aber Lea nahm es locker, verdrehte die Augen, lächelte ihn an und ging.

Kaum hatte Lea die Wohnung verlassen, durchströmte William ein Hitzegefühl und es kribbelt ihn bis in die Finger- und Zehenspitzen. Er war glücklich verliebt und er freute sich darauf, Lea seine Kampfstärke zu beweisen. Doch in diesem Moment wurde ihm klar, dass er für seine Liebe einen hohen Preis zahlen musste. Wie sollte er Melvin beibringen, dass Lea für Willy zur Meisterschaft käme und, dass sie seine Freundin sei?

11 Bei Wettkämpfen auf nationaler und internationaler Ebene sollen die Judoka, zur besseren Unterscheidung, jeweils einen weißen und einen blauen Judogi tragen.

Schlagartig wurde ihm wieder eiskalt, er glaubte sein Blut würde gefrieren und die Blässe stieg ihm ins Gesicht. Wenn er Melvin jetzt die Wahrheit sagen würde, setzte er die Freundschaft zu ihm aufs Spiel. Ganz gleich, wie alles zwischen ihnen begonnen hatte, sie waren einander ans Herz gewachsen und zählten aufeinander. Sie standen füreinander ein, unterstützen und ergänzten sich. Melvin würde ihm nicht verzeihen, wenn William ihm die Braut ausspannte.

Ganz abgesehen davon, dass ihm sein Trainingspartner in der letzten Woche vor der Meisterschaft sicher alles hinwerfen würde. In seiner Verzweiflung packte Willy den Telefonhörer und wählte Thommis Nummer. Er musste jemanden um Rat fragen, der neutral war. Also rief er Thomas an: „Thomas Schwert."

„Hey Mayo, ich bin´s Willy!" „Hi alter Junge, ist das schön dich zu hören! Wie geht´s, was geht ab?" „Tja, ich brauch deine Hilfe …" Dann berichtete Willy von seiner Zwickmühle und hoffte, Thommi würde ihm eine Lösung präsentieren, durch die er allen Problemen aus dem Weg gehen könnte.

„Ich glaube das Beste ist, du lädst sie wieder aus", antwortete Thommi, „eine Männerfreundschaft geht über alles."

Stille herrschte auf der anderen Seite, *was ist das für eine Antwort?*, dachte William.

Aber, bevor er etwas erwidern oder gar auflegen konnte, sprach Thommi zum Glück weiter: „Na gut, das war ein blöder Scherz. Natürlich soll sie zuschauen wie du kämpfst, aber du kommst nicht drum herum, es Melvin zu sagen. Du weißt doch, ein Judoka soll Mut, Respekt und Ehrlichkeit zeigen, das sind deine Worte. Also, geh mit gutem Beispiel voran." Thommi wartete auf eine Reaktion von William, außer einem Seufzer war von ihm jedoch nichts zu vernehmen. Daraufhin sprach Thomas weiter: „Denke daran, wie Melvin dich unterstützt hat, wie er sich für dich ins Training eingebracht hat. Denk an deine Noten in Mathe und Physik. Du musst mit ihm reden, alles andere wäre feige."

So kannte Willy seinen Freund. Kein Blatt vor den Mund nehmen und wenn es darauf ankommt, gerade heraus dem anderen die Wahrheit ins Gesicht knallen. Und dennoch: „Ich hatte gehofft, du hast eine bessere Idee", antwortete William bedrückt.

Ehrlichkeit

„Na ja du kannst es natürlich am Wochenende darauf ankommen lassen. Aber ob du dann voll konzentriert auf der Matte stehst, ist eine andere Frage. Außerdem wäre die Begegnung mit euch dreien, ohne Vorwarnung, sicher viel unangenehmer, als ein kleiner Streit unter Freunden", meinte Thomas.

Es war also klar, worauf die Sache für William hinauslief, er musste sich diesem Problem stellen, ausweichen war unmöglich. Nachdem ihm das gewahr wurde, wechselte er das Thema und ließ sich von Thommi erzählen, wie es unter den Schwimmern in seinem neuen Verein zuging.

Im Geiste war er allerdings schon dabei, sich vorzustellen, wie Melvin auf ihn losgehen würde, wenn er ihm von Lea erzählte. Schließlich wünschte ihm Thommi, der Willys geistige Abwesenheit natürlich längst bemerkt hatte, viel Glück für seine beiden Herausforderungen und ließ sich versprechen, dass William sich meldete, wenn er die Katze aus dem Sack gelassen hatte.

Wie auf Bestellung klingelte es an der Tür, nachdem Willy gerade den Hörer aufgelegt hatte. Es musste Melvin sein, der Willy heute zum gemeinsamen Lauftraining abholte. Willy rief durch die Sprechanlage: „Ich zieh mich gerade um und komm sofort runter!" Das „okay", und, „mach dich auf Neuigkeiten gefasst", hörte er nicht, denn er löste schnell den Finger vom Knopf der Anlage um gar nicht erst in die Verlegenheit zu geraten, mehr zu sagen als nötig. William zog sich um und trottete die Treppe hinunter zur Eingangstür.

Dort stand Mel, fröhlich wie immer, seinem Freund gegenüber. William konnte die Schmetterlinge in Melvins Bauch geradezu flattern hören. Wieder einmal bemerkte Mel nicht, dass Willy keinesfalls zum Plaudern aufgelegt war. Empathie war in diesen Tagen nicht gerade seine Stärke. Melvin plapperte darauf los, während sich die beiden Jungen auf den Weg in den nahe gelegenen Park machten, um ihre Runden um den Weiher zu drehen. „… und stell dir vor, als wir uns das letzte Mal getroffen haben, hat es mit dem Inlinerfahren schon viel besser geklappt", plauderte Melvin ungestüm voran.

„Und was machen die Pirouetten?", fragte William, eine gewisse Neugier konnte er sich doch nicht verkneifen.

„Na ja, das ist nicht so einfach wie ich es mir gedacht habe, aber zum Anreiz hat sie mir jetzt schon den ersten Buchstaben ihres Namens gesagt. Ihr Name beginnt mit L."

Gerade hatten sie mit ihrem Lauf begonnen, da stockte William bereits wieder. *Sollte Lea mich doch hintergehen? Ich glaub das einfach nicht, komm Willy reiß dich zusammen.*

„Was ist?" Jetzt bemerkte sogar Melvin, dass mit seinem Freund etwas nicht stimmte, „warum läufst du nicht weiter? Tut dir was weh?", fragte er besorgt.

Doch William war bemüht, sich nichts anmerken zu lassen und lief weiter. „Nein ist schon gut", sagte er. Allerdings konnte er nicht mehr umhin, endlich zu fragen: „Sag mal, seit ihr eigentlich zusammen? Habt ihr euch schon mal geküsst?"

„Hey, neugierig oder wie? Was für ´ne Frage." Melvin überlegte kurz, bevor er weitersprach. „Na ja, zusammen sind wir nicht, glaube ich. Aber das kann nicht mehr lange dauern", meinte er.

„Na und, geküsst?" William blieb hartnäckig. Das musste er jetzt herausfinden, damit ihm klar wurde woran er ist.

„Sag mal, übertreib nicht so. ... Nein, geküsst haben wir uns leider noch nicht. Ich warte noch auf eine gute Gelegenheit." Plumps, krach, schepper. Das war der Felsen, der William gerade vom Herzen gefallen war und der ihn nun beflügelt hätte, wenn er ihm nicht – symbolisch gesehen – auf den Fuß gefallen wäre, um ihn an ein wichtiges Gesprächsthema zu erinnern. Allerdings hatte er durch Melvins Aussage jetzt die Sicherheit wieder gewonnen, die ihm sein Freund stets durch seine Erzählungen über dieses tolle Mädchen genommen hatte.

Schließlich hat Lea ihn bisher nie geküsst. Das muss bedeuten, dass sie Melvin nicht liebt und, dass sie sich mit ihm tatsächlich nur trifft, weil sie so gutmütig ist und, um ihm das Inlinerfahren beizubringen, so dachte William.

Nach der dritten Runde um den Weiher fasste William allen Mut zusammen und sagte zu Melvin: „Ich weiß wie das Mädchen heißt."

„Welches Mädchen? Mein Mädchen?"

„Nein, nicht dein Mädchen, das Mädchen, also ... mein Mädchen", antwortete Willy.

Melvin schaute William verwirrt an, während er

langsamer wurde und in Schritttempo überging. „Hä? Wie meinst du das?“, fragte er.

„Sie heißt Lea. Und sie ist meine Freundin“, stellte William klar und blieb nun stehen.

Er sah Melvin an, der keine Ahnung hatte, was er mit dieser Aussage anfangen sollte. William wartete darauf, dass sein Freund ihn schlagen würde. Er war darauf gefasst, dass Melvin in seiner Wut sein wahres – sein früheres – Gesicht zeigen würde. Wahrscheinlich prügelte er gleich auf ihn ein. Willy hätte es verstanden. Er hätte es zwar verurteilt, schließlich gehört Selbstbeherrschung zu den wesentlichen Eigenschaften eines Judoka, aber auch Judoka sind nur Menschen. Und William wusste nur zu gut aus eigener Erfahrung, dass man sich an Werten zwar orientieren, aber sie nicht immer einhalten kann. Also wartete er auf den Schlag seines Freundes, in dessen Gesicht Zorn und Unbeholfenheit abzulesen waren.

Seine Stirn zog Falten, seine Augen kniff er zu zwei undurchsichtige Schlitze zusammen. Er sah drohend aus. Melvins Körper stand unter Spannung als er fragte: „Seit wann ist das so?“

„Ich weiß es nicht, seit ein paar Wochen, ich hab euch gesehen, aber sie hat sich auch mit mir getroffen. Und mit mir war es anders als mit dir. Ich meine, … wir, wir haben uns geküsst.“

Das war zu viel. Melvin fühlte sich betrogen. Betrogen von seinem Freund, dem er die ganze Zeit völlig unbedarft von seiner Flamme erzählt hatte und der nie ein Wort gesagt hatte und betrogen von diesem Mädchen, von dieser Lea, und am liebsten hätte er William in den Boden gestampft und Lea hinterher. *Aber die Zeiten sind vorbei*, dachte er, *so weit gehe ich nicht mehr*. Er drehte sich um und rannte davon.

William blieb stehen. Er hatte das Gefühl einen riesigen Fehler begangen zu haben. Jetzt wusste er, dass es falsch war, nicht längst mit Lea und mit Melvin geredet zu haben und dass er wahrscheinlich einen guten Freund verloren hatte. William dachte daran, wie mühsam es gewesen war ihn zu gewinnen und wie schnell er diese Freundschaft verwirkt hatte.

19. Kapitel

Am nächsten Tag kam Melvin nicht zur Schule, er sei krank und läge mit Hals- und Kopfschmerzen im Bett, sagte Frau Lamm, als William sie nach Melvin fragte. Aber Willy wusste genau, dass sein Tischnachbar unter einer anderen Erkrankung litt und dass sich vielleicht Melvins Mutter und die Lehrer täuschen ließen, aber nicht sein Freund. William fühlte sich immer noch als Melvins Kamerad, er wusste nur nicht, wie er ihm nun in dessen Liebeskummer begegnen sollte. Außerdem gab er William sicher die Schuld daran, dass aus dem Techtelmechtel zwischen Melvin und Lea nichts wurde.

Natürlich hatte Willy noch am selben Abend mit Thomas telefoniert und jedes Detail erzählt, und natürlich riet der ihm, mit Lea zu sprechen und sie zur Rede zu stellen. Aber so einfach war das nicht. Das würde ja bedeuten, dass er ihr nicht vertraute, und das stimmte ja nun wirklich nicht. Außerdem wollte er in seiner Beziehung nicht für Irritationen sorgen und das dann noch eine Woche vor der Meisterschaft.

Nein, dagegen musste er sich jetzt abschotten. Lea hatte in dieser Woche sowieso wenig Zeit, weil sie sich für eine schwere Biologiearbeit und eine Englischarbeit vorbereiten musste. William hatte Glück, dass er in Mathe und Physik vorerst nicht mehr auf Melvin angewiesen war. Die schwierigsten Arbeiten waren geschafft und die letzte Mathearbeit noch einige Wochen entfernt. Also ließ er die Schule in dieser Woche nebenher laufen, mit Lea telefonierte er nur, und zum Training, tja, da musste er wohl alleine hingehen.

Sein Trainer Daniel hielt von Letzterem allerdings überhaupt nichts. Er war stocksauer, nachdem William ihm erzählt hatte, was vorgefallen war. „Wegen eines Mädchens? Du meinst, er kommt nicht zum Training, weil ihr euch in dasselbe Mädchen verknallt habt? Er lässt dich hängen, jetzt?“

„Es sieht so aus“, sagte William und schaute verlegen zu Boden, denn er wusste, dass nicht alleine Melvin Schuld an dieser Situation war. Daniel spürte genau, dass William etwas verschwiegen hatte und mutmaßte: „Du hast auch Mist gebaut?“

Willy nickte verlegen, und was das bedeutete, war offensichtlich. Es lag an ihm, die Sache wieder in Ordnung zu bringen. Daniel riet seinem Schüler, die Angelegenheit mit Melvin zu klären. Willy könne es sich nicht leisten, jetzt auf seinen Trainingspartner zu verzichten. Schließlich müsse er ihm wenigstens am Wettkampftag helfen, sich auf seinen schwersten Gegner einzustellen. Der, der ihm den Sprung in den Kader vermasseln konnte, Simon Vinzens. Der hagere Typ mit den unendlich langen Beinen, der am liebsten so kämpft, wie Willy es überhaupt nicht gebrauchen kann: Mit gebeugter Körperhaltung und einer unangenehmen linksseitigen Grifftechnik. Simon ist unglaublich schwer zu fassen und noch schwerer zu werfen.

Dennoch hat sich Daniel in mühevoller Arbeit eine Strategie gegen Willys stärksten Gegner ausgedacht. Melvin hat den Berliner Judoka dabei perfekt imitiert, sodass Williams Chancen, ihn diesmal zu schlagen, nicht größer sein konnten.

Aber jetzt, da sich Melvin und William zerstritten hatten, waren die Probleme programmiert. Schließlich kam es auf eine optimale Vorbereitung kurz vor dem Kampf an. Daniel erwartete von seinem Sportler, dass er die Sache rechtzeitig in Ordnung bringe. Nur wenn Körper und Geist eins seien, könne er seine Leistung am Wettkampftag abrufen, nicht wenn ihn die Probleme seiner Freundschaft belasteten, erklärte Daniel. Also musste sich William in dieser Angelegenheit durchbeißen.

Unter dem Vorwand, Melvin die Hausaufgabe bringen zu müssen, machte er sich noch am selben Abend auf. Zum Glück war Frau Mantino zu Hause, denn Melvin hätte die Tür bestimmt nicht geöffnet. „Hallo, du bist also William. Schön, dass wir uns mal kennenlernen und toll, dass du Melvin die Hausaufgaben bringst." Sie ließ ihn in die Wohnung, verabschiedete sich aber kurz darauf wieder, da sie noch einiges zu erledigen hatte. Als William an Melvins Zimmer anklopfte und der nur ein mürrisches „ja" zustande brachte, krampfte sich Williams Magen zusammen, und er zögerte noch einen Moment, bevor er die Klinke herunterdrückte.

Es war ein Moment der Wahrheit in doppelter Hinsicht. Denn es ging jetzt nicht nur darum, Melvin alles zu erzählen, in diesem Augenblick würde sich zeigen, ob er die Werte seiner Sportart Judo wirklich verstanden hatte und anwenden konnte.

Als er das Zimmer betrat, saß Melvin zurückgelehnt in seinen Stuhl, die Füße auf dem Schreibtisch abgelegt, vertieft in einen Comic. Er wusste nicht, dass William es war, der geklingelt hatte und war entsprechend überrascht als dieser eintrat. Er fasste sich jedoch schnell und fragte kühl: „Was willst du denn hier?"

„Ich hab dir die Hausaufgaben mitgebracht."

„Na super. Dann kannst du ja jetzt wieder gehen", antwortete Melvin abweisend, aber William hatte sich fest vorgenommen, sich nicht abschütteln zu lassen und deshalb legte er direkt los: „Mel, ich hab Mist gebaut. Ich meine, … ich kann eigentlich nichts dafür, ich hab mich einfach verliebt. Ich hatte zuerst wirklich keine Ahnung … und … als ich euch gesehen habe, war ich total eifersüchtig. Aber Lea hat so getan, als wäre nichts gewesen … das habe ich dann auch gemacht. Verdammt, es tut mir leid – wirklich."

„Und?", fragte Melvin provokativ, „was jetzt? Du hast mich ausgehorcht von vorne bis hinten, ich hab dir alles erzählt. Trotzdem hast du dich hinter meinem Rücken an sie herangemacht."

„Ich dich ausgehorcht? Das ist ja das Letzte, du hast ständig geplappert wie ein Wasserfall, selbst wenn ich etwas hätte sagen wollen, ich wäre nicht zu Wort gekommen. Du warst so blind, dass du nichts mehr gemerkt hast. Es war ja ein Wunder, dass du beim Training den Mund halten konntest", antwortete William empört. Melvins Gesichtsfarbe rötete sich, er schaute verlegen aus dem Fenster. *Ich war eben verknallt*, dachte er.

William unterbrach das Schweigen, indem er seine Worte, die er auf dem Weg zu Melvins Wohnung einstudiert hatte, endlich an den Mann brachte. „Mel, ich gebe zu, dass die Sache dumm gelaufen ist, aber wir sind doch trotzdem noch Freunde … Wir können doch nicht wegen eines Mädchens unsere Freundschaft aufgeben. Ich meine, Lea möchte ich auch nicht aufgeben, aber es ist doch auch so, dass sie mich nun mal gerne hat. Du hast doch selbst gesagt, ihr habt euch noch nicht einmal geküsst. Schließlich ist es doch ihre Entscheidung, wen sie sich von uns beiden aussucht. Sie hatte doch die Wahl. Das war doch ihre Entscheidung."

Melvin würdigte ihn keines Blickes. Er war wirklich verletzt, aber eigentlich weniger, weil sich sein Freund nicht loyal verhalten hatte, sondern viel mehr, weil ihm ein Mädchen seiner Wahl scheinbar den Laufpass gegeben hatte. Nie hätte er in Erwägung gezogen, dass William ihm in Sachen Mädchen einmal einen Strich durch die Rechnung machen würde. Melvin schwieg noch immer.

„Sie kommt am Wochenende zur Meisterschaft", sagte William plötzlich unvermittelt. Melvin zuckte bei diesen Worten unmerklich zusammen, erneut hatte Willy ihm einen Stich versetzt.

Es setzte eine minutenlange Stille ein, in der Melvin nur aus dem Fenster starrte und William sich in Gedanken andauernd vorsagte: *Ich gehe auf keinen Fall weg, ich bleibe hier sitzen, bis ich eine Antwort bekomme, ich werde das jetzt aushalten …*

„Okay, was denkst du, wie es jetzt weitergehen soll?", brummte Melvin mürrisch. „Entschuldige, dass ich mich so aufgeführt habe, und komm bitte wieder ins Training, ich brauche deine Hilfe. Am Wochenende habe ich keine Chance, wenn wir die Sache nicht bereinigen", bat William ihn. Diese Worte hatte er stundenlang einstudiert, sonst wären sie ihm vermutlich nie über die Lippen gekommen.

Aber davon ahnte Melvin natürlich nichts und antwortete aus seiner gekränkten Seele heraus: „Aha, darum geht es also, nicht unsere Freundschaft ist wichtig, sondern dein Turnier. Schon wieder geht es nur um dich."

Natürlich hatte William das nicht so gemeint und rechnete auch nicht mit dieser Interpretation seiner Worte. Allerdings verstand er, im Nachhinein, was Melvin meinte. Dennoch war William nun völlig überfordert und wusste nicht mehr, wie er sich verteidigen sollte. Er stand auf, und bevor er sich verabschiedete, sagte er noch: „Nein, so war das bestimmt nicht gemeint. Noch vor kurzem hätte ich niemals gedacht, dass ich dir mal etwas zu verdanken hätte. Ich weiß sehr wohl, weshalb meine Chancen auf den Titel am Wochenende realistisch sind und weshalb ich mich in der Schule verbessert habe. Und ganz egal, was du denkst und von mir hältst, **ich** bleibe dein Freund." Mit diesen Worten verließ er die Wohnung.

Melvin blieb zurück und schaute seinem Freund aus dem Fenster blickend hinterher. Er lächelte, denn er verstand genau, was William ihm damit sagen wollte. Melvin musste nicht mehr um die Gunst Willys buhlen, er war für Willy ein gleichwertiger Partner geworden. Sie waren echte Freunde und sie brauchten einander.

20. Kapitel

Am nächsten Tag erschien Melvin wieder in der Schule, er hielt sich William gegenüber jedoch noch ein wenig zurück. Er plante bereits, wieder zum Training zu kommen, er wollte William nicht hängen lassen. Allerdings genoss er es doch, seinen Kumpel ein wenig auf die Folter zu spannen, ein bisschen sollte William dafür büßen, dass er es versäumt hatte, mit Melvin über alles zu reden. Er war zwar freundlich und hilfsbereit, aber er redete mit ihm bis zum ersten Techniktraining in dieser Woche nur das Nötigste. Er kündigte auch nicht an, dass er wieder ins Training kommen wolle, sodass William in den Gesprächen mit Daniel nicht sagen konnte, ob Melvin sich nun wieder blicken lassen wollte oder nicht. Also hingen alle in der Luft, was Melvin anging und planten somit die letzten Vorbereitungen für die Meisterschaft, ohne ihn zu berücksichtigen.

Für eine Überraschung sorgte Melvin dann, als er am Mittwochabend zum Training erschien, als sei nichts geschehen. Als er in die Umkleide kam, blieb William fast der letzte Bissen seiner Banane im Hals stecken, die er noch kurz vor dem Sport schnell in sich hineinstopfte. „Hey Willy, bist du fit?", fragte er augenzwinkernd und mit einem Lächeln auf den Lippen. „Ich schon", antwortete William zögernd, „was ist mit dir?"

„Klar. Da muss mehr kommen als, … na du weißt

schon was … damit ich, … damit wir aus der Bahn geworfen werden, oder?“ Melvin streckte William die flache Hand entgegen, damit er abschlagen konnte. Dann gingen sie ins Dojo und Daniel war erleichtert, seine Schüler wieder vereint zu sehen.

Endlich konnten sie den Ablauf für Williams wichtigstes Turnier des Jahres besprechen. Am Samstag sollte es soweit sein. William startete in der Gewichtsklasse bis 66 Kilogramm, um zehn Uhr morgens begannen die Kämpfe, aber er musste sich bereits um acht Uhr in der Halle einfinden, da man sich als Judoka vor dem Wettkampf von den Kampfrichtern wiegen lassen muss. Wer in einer bestimmten Gewichtskategorie kämpft, darf dieses Gewicht nicht überschreiten, nicht einmal 100 Gramm über dem Limit wären erlaubt. William hatte aber ohnehin keine Gewichtsprobleme. Er lag 300 Gramm unter dem Höchstmaß. Wenn er vor dem Wiegen nicht zu viel frühstückte, musste er sich keine Sorgen machen. Danach würde er dann etwas essen und trinken und sich zum Aufwärmen begeben.

Am Donnerstag telefonierte William noch mit Lea, um ihr die genauen Daten für den Wettkampftag durchzugeben und sich nochmals zu vergewissern, dass sie auch tatsächlich erscheine. „Ja, ich freue mich schon. Vielleicht verspäten wir uns, es kommt darauf an, wann der Zug und der Bus fahren. Zur Not fährt uns unsere Mutter, ′mal sehen“, erklärte sie.

Wir? Ach so, da ist ja noch die Schwester, erinnerte sich William, fragte aber nicht weiter nach.

„Bis dann Lea, schön dass du kommst“, flüsterte er ins Telefon und schickte noch einen Kuss durch die Leitung.

21. Kapitel

Endlich, dachte William, als an diesem Samstagmorgen der Wecker klingelte. Seine Eltern waren schon früh aufgestanden, um alles vorzubereiten. Willys Vater hatte sich diesen Tag extra freigehalten und die notwendige Dienstreise mit einem Kollegen getauscht. Lange hatte er seinen Sohn nicht mehr kämpfen sehen und von dessen Freundin waren ihm bisher nur Geschichten erzählt worden. Nun war er wirklich neugierig. William aber war einfach nur froh, dass dieser Tag endlich gekommen war. Er fühlte sich gut vorbereitet, stark und unbesiegbar. Er wollte sich beweisen, also stand er zielstrebig auf, kontrollierte nochmals seine Tasche, die er diesmal am Vorabend gepackt hatte. Das war ja sonst nicht so seine Art. *Aber man muss eben wissen, wann es darauf ankommt*, dachte er sich. Nach ein paar kleinen Bissen und einem Glas Wasser machten sich Vater und Sohn auf den Weg. Emma und Willys Mutter sollten später nachkommen.

William war aufgeregt, und obwohl sein Vater gerne eine kleine Unterhaltung angefangen hätte, spürte er, dass seinem Sohn nicht zum Reden zu Mute war. Williams Vater war Headhunter. Sein Job war es, in der ganzen Welt im Auftrag großer Firmen nach geeigneten Mitarbeitern für leitende Positionen zu suchen. In seinem Geschäft war es also notwendig, geschickt mit Menschen umzugehen. Eine rege Kommunikationsfähigkeit und das Interesse für sein Gegenüber waren nicht nur eine Voraussetzung für diese Arbeit, bei Claus Redner waren sie auch eine Charaktereigenschaft. Klar ausgedrückt: Es gab Tage da redete er wie ein Wasserfall. William störte das normalerweise nicht, da sein Vater eben oft auf Reisen war, aber heute war er doch froh, dass sie unterwegs noch Melvin einsammelten. Mit ihm unterhielt sich Herr Redner die halbstündige Fahrt nach Bonn und kannte am Ende dessen ganze Lebensgeschichte.

Willy hingegen schaltete seine Ohren auf Durchzug und schaute währenddessen einfach aus dem Fenster. Er stellte sich immer wieder vor, wie er seine Techniken durchsetzen würde. Schließlich standen sie vor der großen Halle, schnappten wie immer ihre Taschen aus dem Kofferraum und gingen zum Sportlereingang. Oft hatte er hier schon gekämpft, aber noch nie war ihm so kribbelig zu Mute, noch nie ging es für ihn um so viel.

Daniel wartete bereits auf William, und nach einer kurzen Begrüßung sprachen sie über die weiteren Abläufe nach dem Wiegen. „Um neun Uhr lauft ihr euch langsam ein, so wie ihr es gewohnt seid, dehnt eure Muskeln und beginnt dann mit dem Tandokurenshu und dem Uchikomi[12]. Dann komme ich dazu", erklärte Daniel. Und weil Daniel seinem Sportler ansah, dass er

12 Bestimmte Wurftechniken werden mit dem Partner geübt, ohne dass dieser sich wehrt. Die Würfe werden zunächst nur angesetzt, ohne dass es zum abschließenden Wurf kommt.

ziemlich nervös war fügte er hinzu: „Bleib locker, du kannst hier nur gewinnen. Du bist der Newcomer. Konzentriere dich auf das, was du kannst – und das ist Judo. Der Erfolg kommt dann von ganz alleine."

„Hoffentlich", antwortete William, während Melvin ihn zum Wiegeraum zog und ihm nicht mehr von der Seite wich. Als dann seine Gewichtsklasse aufgerufen wurde, ging endlich ein Ruck durch William. Schlagartig wandelte sich seine Nervosität in die nötige Vorspannung, die er brauchte, um hier erfolgreich zu sein. „Simon Vinzens, William Redner …", rief der Kampfrichter die Namen der teilnehmenden Judoka in den Raum und unterbrach somit Williams Konzentration auf sein Innerstes.

Vom hinteren Teil des Raumes machte sich ein Junge den Weg frei. Mit aufrechtem Gang und ernster Miene ging er entschlossen zur Waage. Seine dunklen Augen wirkten schon jetzt kämpferisch, und als er an William vorbei ging, würdigte er ihn keines Blickes. Die beiden waren eben Konkurrenten um den Platz in der Jugendnationalmannschaft. Noch hatte Simon die Nase vorn, aber Willy war ihm dicht auf den Fersen. Und als wolle Willy ihn das deutlich spüren lassen, ging er direkt hinter seinem Widersacher her. Vielleicht spürte Simon schon Willys Atem im Nacken. Jedenfalls gebot er William, in ernstem Ton, Abstand zu halten, bevor er sich schließlich auf die Waage stellte.

„Das sind 66,2 Kilogramm, zieh besser mal das T-Shirt aus", sagte der Kampfrichter zu Simon. Nun stand er nur noch in der Unterhose auf der Waage und der Balken pendelte sich bei 66 Kilogramm ein. Simon war nur wenig größer als Willy, aber es schien als habe er unendlich lange Beine. Man konnte erkennen, wie austrainiert er war, nur Muskeln, kein Gramm Fett waren zu sehen.

Eigentlich ist er für diese Gewichtsklasse zu groß, er müsste eine Kategorie höher starten, dachte William und hoffte insgeheim, er würde ihn wenigstens auf diese Weise bald loswerden.

Willys Weg über die Waage war unspektakulär, wie erwartet, blieb er unter dem Limit und frühstückte anschließend. Er fühlte sich gut, seine Nervosität war verschwunden und beim Aufwärmen spürte er, wie leicht er sich bewegte. Er war eins mit der Situation, mit seiner Sportart mit seinen heutigen Zielen. Er ließ sich von nichts mehr stören, auch Simon lenkte ihn nicht ab. Im Gegenteil, er hatte eher das Gefühl, dass der Berliner Kämpfer Willys Bewegungen mit neugierigen Blicken folgte. Willys Kopf war völlig frei, auch an Lea hatte er die ganze Zeit über nicht gedacht, erst als er vom Aufwärmbereich in die Halle kam, fiel ihm ein, das sie ja heute hier sein wollte. Sein Blick schweifte durch die Zuschauerränge und blieb bei seinem Vater haften. Sie winkten einander zu. Die augenscheinliche Suche nach Lea blieb vorerst erfolglos. „Suchst du jemanden?", fragte Melvin etwas provokativ.

„Na wen schon?", entgegnete William.

Melvin beruhigte ihn gleich wieder: „Wenn sie hier ist, wird sie sich schon bemerkbar machen. Also komm, es geht gleich los. Lass uns nach den Listen schauen." Dabei war Willy gar nicht unruhig, er war sich sicher, früher oder später würde Lea hier aufkreuzen. Jetzt ging es um anderes.

Auf den Wettkampflisten standen insgesamt 24 Teilnehmer, die sich in den Vorausscheidungen der Gruppenmeisterschaften für dieses Turnier qualifiziert hatten. Die Sportler waren in zwei Pools aufgeteilt und William war mit Simon in derselben Gruppe. „Das ist nicht optimal", sagte Daniel, „aber eine schöne Herausforderung. Wenn alles gut geht, wirst du gegen Simon um den Einzug ins Finale kämpfen."

Willy war das inzwischen egal. Er fühlte sich heute in der Lage jeden zu schlagen, und er nahm sich vor, sich von Kampf zu Kampf vorzuarbeiten. Keiner sollte ihn heute stoppen. Und so wie William es sich vorgenommen hatte, kam es auch, er kämpfte sich souverän durch die Vorrunde und beendete alle Kämpfe mit voller Punktwertung, entweder durch einen Haltegriff oder einen Wurf. Nach vier Kämpfen stand es fest: Sein nächster Gegner würde Simon Vinzens heißen, denn auch er hatte sich in der Vorrunde wacker geschlagen und alle anderen hinter sich gelassen.

Nun war es soweit. Beide Sportler wussten, dass sie gleich aufeinandertreffen würden. Willy mit der Gewissheit, dass er Simon bisher zwar noch nie besiegen konnte, aber er war auch noch nie so gut vorbereitet gewesen und er fühlte genau, dass heute sein Tag gekommen war. Simon hingegen fühlte sich zwar gestärkt durch seine vergangenen Erfolge, dennoch war ihm nicht entgangen, wie stark William heute aufgetreten war. Bereits in den vielen Begegnungen zuvor hatte es ihm Willy immer schwerer gemacht, als Sieger von der Matte zu gehen. Heute würde es ein harter Kampf werden, dessen war sich Simon bewusst, und zum ersten Mal hatte er ein wenig Angst davor, seinen Gewinnerstatus zu verlieren.

22. Kapitel

„Matte zwei, Kampf um den Einzug ins Finale: Redner gegen Vinzens“, hörte man die nüchterne Stimme aus dem Lautsprecher sagen. Nichts verratend über die Brisanz, die diese Begegnung für die beiden Judoka und für deren sportliche Zukunft haben würde. William trug als Erstgenannter den blauen Judogi, stellte sich an den Mattenrand und wartete noch auf seinen Gegner, der auf der anderen Seite gerade die Matte betrat. Als er bereit war, verneigten sich beide, gingen auf die Wettkampffläche und stellten sich in angespannter und abwartender Haltung auf die markierten Bereiche. „Hajime“, sagte der Kampfrichter.

Das war das Kommando, auf das sie gewartet hatten. Nun ging es um Alles oder Nichts für William. Für Simon ging es um das Prestige, aus dieser Begegnung erneut als Sieger hervorzugehen. Willy war dieser Kampf wichtiger als das Finale, er wollte Simons Siegesserie durchbrechen und das Gefühl erlangen, seinen ewigen Angstgegner zu überflügeln. Den, der ihn bereits seit frühen Kindertagen in dieser Sportart begleitet, der niemals eine Freundschaft unter Sportlern entstehen lassen wollte, der ihm immer die Medaille vor der Nase weggeschnappt hatte. Heute war es Zeit, diese Ära zu beschließen.

Allerdings kam es in dieser ersten Kampfminute zu einer Überraschung. Simon hatte seine Taktik geändert. Nach der Kampfaufforderung des Schiedsrichters und der folgenden Verbeugung vor dem Gegner griff er nicht ruhig und überlegt, wie sonst immer, an. Nein, er wirkte unglaublich aggressiv, stürmte auf Willy ein, der zunächst überrascht stehen blieb. Sein Gegner nutzte die Gelegenheit, um seinen Plan umzusetzen. Er bäumte sich wie ein Bär auf und packte Willy von oben an der rechten Schulter. Mit der rechten Hand griff er Willys linken Ärmel, riss ihn zu sich heran und ging einen Schritt auf ihn zu. Dann schnellte Simons linkes Bein hervor, vorbei an Willys linker Körperseite. Mit einem O-Soto-Gari[13] sichelte er Willys linkes Bein von hinten weg.

Ein Aufschrei ging durch das Publikum. Weil im Moment auf keiner anderen Matte gekämpft wurde, schauten die meisten Zuschauer auf diese beiden Athleten und fieberten mit. Die einen kreischten, weil sie sich über den scheinbar vorzeitigen Sieg von Simon freuten. Die anderen schrieen vor Schreck auf, weil sie dachten, Williams Auftritt sei bereits ein Ausblick auf die Vergangenheit. Alles spielte sich in Sekundenschnelle ab.

Klar war William nicht auf diesen Angriff gefasst gewesen, jedoch hatte er nicht die ganze Zeit umsonst trainiert und reagierte deshalb blitzschnell und unglaublich spektakulär. Zwar hatte Simon seinen Widersacher aus dem Gleichgewicht gebracht, aber das genügte nicht, um Willys Kampfgeist zu brechen.

13 O-Soto-Gari heißt übersetzt: Große Außensichel.

Simon hatte William nicht so sicher zu packen bekommen, wie es zunächst schien. Keiner rechnete in diesem Augenblick mehr mit Williams Reaktionsfähigkeit und Wendigkeit. Noch im Fallen schaffte es Willy, sich aus der Umklammerung Simons zu winden und drehte sich so, dass er schließlich seitlich, fast noch bauchwärts, auf der Matte landete. Der Kampfrichter gab einen Yuko[14]. Das umstehende Publikum konnte es kaum fassen. Eben sah noch alles nach einem schnellen Ende für Willy aus, jetzt war wieder alles offen.

Simon sah verbissen aus, nachdem er die Wertung realisiert hatte. Wenige Sekunden zuvor glaubte er, gleich mit einem Punktsieg von der Matte zu stolzieren. Jetzt setzte er direkt im Bodenkampf fort. Er wusste, je länger er seinen Gegner hier halten könne, umso sicherer würde er seinen kleinen Punktvorsprung in den Sieg verwandeln. William verteidigte sich gegen Simons Bodenangriff so gut er konnte. Er schob seinen Partner weg, er klammerte dessen Beine und hoffte, dass der Schiedsrichter endlich unterbrach, um im Stand fortsetzen zu lassen. Aber nichts dergleichen geschah. Im Gegenteil. Simon arbeitete sich vor und abermals zwang sich der Eindruck auf, als hätte Willy hier nichts zu gewinnen. Simon löste Williams

14 Yuko ist im Judo die kleinste Punktwertung, und man erhält sie, wenn man den Partner wirft und dieser dann auf eine Körperseite auf die Matte fällt. Wäre William ganz auf dem Bauch gelandet, hätte es gar keine Wertung gegeben.

Beinumklammerung und Willy hörte den Kampfrichter „Osaekomi[15]“ sagen – die Zuschauer tobten.

William sah nicht, wie sich Daniel die Haare raufte, hörte nicht wie Melvin ihm zurief, erneut Simons Beine zu klammern. In seiner Situation war er nicht in der Lage zu bemerken, wie sich in der Halle alles nur noch um diesen „Fight“ drehte. Das Einzige was ihm jetzt in den Sinn kam, war sein Albtraum, den er vor langer Zeit gehabt hatte, als er und Melvin noch nicht befreundet gewesen waren. Die Gedanken daran bündelten seine Kräfte und entgegen all den Erwartungen, die nun irgendjemand von ihm im Moment haben konnte, befreite er sich mit einem Kraftakt, den er in einem lauten Kiai[16] kundtat.

In einer gegensätzlichen Bewegung, zunächst seinen Konkurrenten mit dem ganzen Körpereinsatz nach vorne wegschiebend und dessen Gegenbewegung zurück ausnutzend, hob er den überraschten Simon Vinzens über sich auf die andere Seite, löste durch diesen Bewegungsablauf den Haltegriff und stand auf.

„Toketa[17], Mate[18]!“, rief der Unparteiische, der Mühe hatte sich verständlich zu machen, denn die Halle tobte. Daniel und Melvin lagen sich in den Armen, als hätte William gerade gewonnen. Davon konnte aber

15 Osaekomi ist das japanische Wort für „Haltegriff“.

16 Ein befreiender Schrei im Zuge einer großen Kraftanstrengung.

17 Toketa ist das japanische Wort für „Haltegriff gelöst“.

18 Mate bedeutet „Kampfunterbrechung“.

im Moment nun wirklich nicht die Rede sein. Es war eher so, dass er noch nicht verloren hatte. Er hatte seinen Gegner moralisch geschwächt, aber auch seine Kräfte hatten nachgelassen.

Der Kampfrichter hatte nun die Begegnung unterbrochen, damit die Judoka ihre Kleider ordnen konnten und in diesem kurzen Moment des Durchatmens schweifte Willys Blick zur Punktetafel. Simon bekam für die 15 Sekunden, die er William im Haltegriff hielt, einen zweiten Yuko. Die Anzeige verriet ihm auch, wie viel Zeit ihm noch blieb, um das Blatt zu wenden. Es waren noch zwei Minuten – Halbzeit.

William ordnete betont langsam seine Kleider, um sich zu sammeln. Er fühlte sich benommen, wie in Trance. Er hörte nicht, wie ihm Daniel beruhigend zurief, er solle trotz dieses Angriffes bei seiner Strategie bleiben und bedacht weiter kämpfen. „Schritt für Schritt!", rief Melvin, aber auch er blieb ungehört.

„Hajime", war das Einzige was er vernahm, und von nun an ließ sich Willy den Kampf nicht mehr aus der Hand nehmen. Wie eine Maschine verfolgte er stur seine Vorgaben. Sein ungestümes Verhalten hatte Simon inzwischen abgelegt. Er wollte mit dem Überraschungsangriff für ein möglichst schnelles Ende sorgen. Diese Planung hatte Willy vereitelt. Nun, da Simon zu seiner bekannten Kampfart zurückkehrte, war er für William berechenbar. Er verstand es, bravourös dessen Grifftechnik abzufangen und selbst die Führung zu übernehmen und seinen Widersacher so zu bewegen, wie es für Willys Techniken notwendig war.

Aber Simon verteidigte geschickt. Schon wieder war eine Minute um. Als der Kampfrichter die Judoka erneut unterbrach, erhielt Simon einen Shido wegen Inaktivität[19]. Da Willy ihn ständig mit seinen Techniken attackierte, hatte er keine Möglichkeit mehr selbst anzugreifen. Das war zwar ein kleiner Erfolg, aber noch längst nicht der Sieg. Also musste Willy weiter angreifen. Die Athleten bekämpften sich eindrucksvoll, und man sah ihnen an, wie kräftezehrend dieses Aufeinandertreffen für beide war.

Daniel saß bereits kopfschüttelnd am Mattenrand, weil er realisierte, dass Willy von außen nichts aufnehmen konnte. Er glaubte, sein Schüler könne keine Wende mehr schaffen, obwohl er hier sein Bestes gegeben hatte. Doch plötzlich, zwanzig Sekunden vor Schluss, geschah das Unglaubliche. Trotz Willys extremer Anstrengungen in diesem Kampf blieb er die ganze Zeit sehr konzentriert, und innerlich wartete er nur auf den entscheidenden Fehler seines Gegners. Er wusste, Simon würde ihn begehen, weil er zum Ende eines Kampfes immer dasselbe Verhalten zeigte: Es war

19 Wenn ein Judoka im Wettkampf inaktiv ist, vermeidet er es den Gegner intensiv anzugreifen. In diesem Fall erhält er zunächst eine so genannte Shido-Strafe. Denn niemand soll sich auf einem bereits erreichten kleinen Punktevorsprung ausruhen, sondern in der verbleibenden Kampfzeit sein Bestes geben, um verdient zu gewinnen.

dieser halbherzige Wurfansatz. Seine entscheidende Schwachstelle, wenn er das Gefühl hatte den Kampf gut über die Zeit gebracht zu haben und schließlich zu siegen, wenn auch nur mit knappem Vorsprung. Denn hier und jetzt musste der Berliner Judoka vermeiden, eine erneute Strafe zu bekommen. Diesmal aber gab es für ihn keine Rettung. Diesmal beging er mit seiner Technik den Fehler, der William den Sieg bringen sollte.

Schlagartig erkannte auch Daniel Williams Chance, sprang wieder auf und schrie William zu: „JEEETZT!"

Es war Simons Uchi-Mata[20], der vermeintlich rettende Wurf, der ihm heute jedoch zum Verhängnis wurde. William blockte den Angriff ab. Seine Reaktion und der Schrei seines Trainers verschmolzen zu ein- und demselben Moment. Willy verband die Energie seines Gegners mit seinen eigenen Kräften und warf Simon wie aus dem Lehrbuch mit einem Ura-Nage[21] hinter die eigene rechte Schulter. Wochenlang hatte er mit Melvin diese Technik geübt. „Ippon![22]", rief der Kampf-

20 Uchi-Mata ist ein Wurf, bei dem man versucht, den Partner durch eine bestimmte Eindrehtechnik vor sich auf die Matte zu werfen.

21 Ura-Nage ist eine Abwehrtechnik gegen einen Wurf, den der Partner angesetzt hat. Dabei reißt der abwehrende Judoka den Partner mit einer besonderen Technik und einer Drehbewegung nach hinten über die eigene Schulter.

22 Ippon ist eine volle Punktwertung. Wer diese, wie hier, durch einen Wurf erreicht, ist der Sieger.

WYK
IWYK
JUD
009

richter und stand kerzengerade, mit nach oben gestrecktem Arm vor den am Boden liegenden Kämpfern.

Es dauerte keine Sekunde, da sprang William auf und reckte die Arme in die Höhe. Er hatte es geschafft! Er lief zum Mattenrand und jubelte seinem Trainer hinter der Abgrenzung mit geballten Fäusten zu. Simon hingegen blieb zunächst erschöpft und am Boden zerstört liegen.

Dieser Kampf hatte ihn mehr als nur die Kräfte geraubt. Eine Siegesserie ging für ihn zu Ende und er wusste, dass er in Zukunft bei diesem Gegner den Sieg nicht mehr im Vorhinein einkalkulieren konnte.

Während William jubelte, richtete er sich langsam auf. Inzwischen gebot der Kampfrichter Willy, sich wieder zu beruhigen und in einer fairen Geste lief er zu Simon und reichte ihm die Hand, um ihm beim Aufstehen zu helfen. Der am Boden Sitzende blickte zu

Wertschätzung

William auf und nahm die Hilfe an. Einen kurzen Moment standen sie sich, tief in die Augen blickend, gegenüber und Willy spürte, dass ihm sein langjähriger Widersacher nun den gebührenden Respekt entgegenbrachte.

Nach drei Minuten und 45 Sekunden war der Kampf vorbei und beide Judoka begaben sich dort hin, wo alles begann: auf die jeweilige Markierung der Wettkampffläche. Der Kampfrichter erklärte William zum Sieger. Die Sportler verneigten sich, gaben sich noch einmal die Hand, dann sprang William direkt in Melvins und Daniels Arme und ließ sich feiern. Er glaubte zu schweben. Von allen Seiten spürte er, wie Menschen ihm lobend auf die Schultern klopften. Glückwünsche prasselten auf ihn ein. Und all das, weil er hier den besten Kampf seiner noch jungen Sportlerkarriere absolviert hatte.

Dabei bestand ihm der eigentliche Höhepunkt, das Finale, ja noch bevor. Aber daran konnte William jetzt noch nicht denken.

Kurze Zeit später, da er sein wichtigstes Ziel bereits erreicht und sich der Trubel um seine Person wieder gelegt hatte, fragte er Melvin: „Sag mal ist Lea eigentlich da?"

„Oh Gott. Keine Ahnung! Mann, weißt du wie aufregend das hier eben war? Da hab ich doch keine Zeit, nach Mädels Ausschau zu halten", erwiderte Melvin trocken.

William aber hatte seine Freundin nicht vergessen,

vielleicht kurzzeitig verdrängt, aber keinesfalls vergessen. Er blickte sich suchend um und da entdeckte er sie. Auf dem Weg zu ihm war sie in einem überfüllten Gang stecken geblieben und bahnte sich jetzt endlich unbeirrt ihren Weg. Willy winkte ihr fröhlich zu, sie lief ihm in die Arme und drückte ihm sogleich einen dicken Kuss auf die verschwitzte Wange.

William wurde noch heißer, fühlte er sich doch ein wenig beobachtet von seinen Eltern, seinem Trainer und natürlich von Melvin, der sich aber nach einem flüchtigen „Hallo" schnell umdrehte und das Weite suchte.

Auch Lea begrüßte ihn nur mit einem kurzen Handzeichen und wandte sich dann ausschließlich William zu. Dessen Gesicht zum Glück noch von der vergangenen Anstrengung so gerötet war, dass seine Verlegenheit niemandem auffiel.

„Du warst toll, sensationell!", sagte sie begeistert.

„Danke", freute sich William, so einen Eindruck auf Lea gemacht zu haben.

„Wann ist das Finale?", wollte sie wissen.

„In einer Stunde", antwortete Daniel, der neben ihnen stand und einen Zeitplan bei sich hatte.

„Wo ist deine Schwester?", fragte William neugierig.

„Sie holt sich gerade etwas zu trinken, und kommt dann zu uns herunter. Allerdings ist es da oben ziemlich voll."

Sie zeigte in Richtung der Verkaufsstände, an denen immer endlose Warteschlangen entstanden, weil sich die meisten Zuschauer in der Pause vor den Finalen noch mit Getränken oder Sandwichs versorgen wollten.

William verbrachte seine Zeit damit, sich auszuruhen. Lea massierte Willy den Nacken und die Unterarme, die von dem harten Zupacken am Judoanzug seines Gegners unglaublich verspannt waren. Allerdings war das Finale an William bereits innerlich vorbeigezogen. Er glaubte nicht wirklich daran, deutscher Meister zu werden. Er sollte gegen einen routinierten Judoka antreten, der knapp drei Jahre älter war als er. Es war dessen letztes Jahr in der Jugend und auf absehbare Zeit niemand, dem William erneut auf der Matte gegenüberstehen musste. *Warum soll er nicht zum letzten Mal deutscher Jugendmeister werden, ich bin dann immerhin Zweiter, in meinem ersten Jahr in der U17,* dachte William stolz, behielt dies aber für sich. Denn seinem Trainer hätte diese Einstellung gar nicht gefallen.

Plötzlich trat etwas ganz Unerwartetes ein. Lea winkte jemandem zu. Einem Mädchen, das noch ganz oben an der Treppe stand. William blickte nach oben, sprang auf und schaute Lea nur fragend an. Die Worte blieben ihm im Halse stecken, den Mund bekam er kaum noch zu. Lea nahm ihn in den Arm, während Leas Schwester die Treppe geradezu hinunterstolzierte. „Wir haben da auch noch ein Finale für dich und Melvin", flüsterte sie ihm schmunzelnd ins Ohr.

Melvin saß inzwischen teilnahmslos auf der Bank neben seinem Freund und wartete auf Willys letzten Kampf des Tages. William gab ihm einen Schubs mit dem Knie und gab ihm ein Zeichen aufzustehen und genau hinzuschauen, was da auf ihn zukam. Melvins Verblüffung war nicht von der Hand zu weisen. Er hatte einen ganz trockenen Mund und sein Herz schlug Purzelbäume. „Darf ich vorstellen, meine Schwester Leyla“, erklärte Lea.

„Zwillinge“, stellten die Freunde gleichzeitig fest und schauten sich grinsend an.

Leyla begrüßte Melvin mit einem sanften Kuss auf die Wange. „Na, jetzt weißt du ja, wie ich heiße“, hauchte sie ihm sanft entgegen und schaute ihn mit ihren dunkelgrünen Augen so honigsüß an, dass er ihr nicht böse sein konnte.

„Frech“, sagte er, „einfach frech“, atmete tief durch und nahm sie in den Arm.

William schaute Lea ein wenig vorwurfsvoll an, denn er vermutete, die beiden Mädchen hätten sich einen Spaß mit den Jungen erlaubt. „Guck nicht so, ich wusste von nichts, ich hab erst auf der Zugfahrt von der Geschichte meiner Schwester erfahren.“

William und Melvin verstanden sich in diesem Moment zwar ohne Worte, aber für die Zukunft war ihnen klar: Eine Freundschaft kommt nicht immer ohne Gespräche aus. Ach ja, das Finale der deutschen Meisterschaft hat William in diesem Jahr nicht gewonnen, er wurde glücklicher Zweiter. Aber, man muss ja auch nicht immer **alles** gewinnen, um Sieger zu sein.

Yvonne Wagner